泥海

陣 野 俊 史

DOROUMI

Toshifumi Jinno

河出書房新社

泥《どろ》海《うみ》

陣野俊史

地下鉄が轟音《ごうおん》をたてて頭上を通り過ぎる。

パリのメトロ六番線は名前とは裏腹《うらはら》にほとんどの区間、高架《こうか》だ。古い車両が多い。神経を逆《さか》なでする高音を含んだ、その騒々しさにいまだ慣れないオレは軽く首をすくめて、地下鉄の下を線路に沿って歩く。毎日、歩く。相当な距離を自分の足で歩き回る。この街にやってきて三カ月ほどしか経っていない。だがオレにはもう三カ月が経過したとしか思えない。地下鉄に乗る経済的余裕はない。歩いて探すしかない。何を？　まだ漠然としかわからない。何を探しているのか――と問いながら、だがきっと探しているものに遭遇すれば、それがそうだとはっきりわかるはずだ、という確信がある。

だんだん垢《あか》じみた恰好《かっこう》になる。まともに風呂に入らないのだから当たり前だ。Tシャツも思い出したように洗うだけで、いい加減にしか乾かさないから、夏の汗と相俟《あいま》って異臭を発するようになっている——。パリに住んでいる知り合いに連絡を取って、初めて海外にやってきた。とても庶民的な街区に住んでいる知り合いはしかし、本当に遥々《はるばる》やってきたオレに吃驚《びっくり》したのも束《つか》の間《ま》、マダガスカル出身の可愛らしい恋人とヴァカンスに出かけてしまった。もちろんやつの部屋からは閉め出しを食らった……。

イタリア広場という名前の駅から軽く傾斜《けいしゃ》のついた大通りを、ゆっくり下る。歩調を速めないのがコツだ。小さな石畳がある。転ばないように足元に注意を集中する。下っていくヴァンサン・オリオール大通りの右手には広大な中華街が拡がる。いや、中華街、という言葉は適当ではない。中国人を中心としたアジア人の寄り合い所帯、という感じか。フランス語ではない、アジアのどこかの国の言葉が耳に柔らかく響く。アジアに出自を持つ人間にとっては、背伸びしない自然な空気が漂っている。一軒おきくらいにケバブの店がある。律儀《りちぎ》に早い時間から店を開けている。

なんとなく、ここに戻ってきてしまう。

定点観測のように、毎日、通う場所がある。そこを通り過ぎて、もう行く場所がなくなると、またここへやってくる。炊いたタイ米の、甘く噎《む》せるような匂いと、パクチーの香りが途切れることなくあたりに流れている。どうしても炊いたコメが食べたくなり(炊飯器を持たないにもかかわらず、だ)、安売りで有名な中国系スーパーに入ったことがある。コメは各種揃《そろ》っていた。原産地を吟味して、イタリア米を二キロ買うことにした。「天恵」という名で、卑弥呼《ひみこ》のような髪形に袖のゆったりした和服を着た女がコメの袋のビニールのうえで微笑《ほほえ》んでいる。イタリア米だから買ったわけでもなければ、和服の女が好みだったわけでもない。ただ、コメを吟味するふりはした。コメの食文化に一見識ありそうな態度は見せた。結果、オレの後ろに列を作っていた連中の大半が、オレの手にした「天恵」を次々に買っていった……。

いったいオレはここで何をしているのか。昼間、歩き回り、夜には他人のアパルトマンの階段の下で寝るような暮らしをしながら……。

あの事件が起こった十一区へ毎朝、歩くことから一日が始まる。ねぐらにしている階段下から身を起こすと、近くの公園で簡単に顔を洗う。水をかける、という言い方が真実に近い。何日も使っているハンドタオルで顔を拭く。ベンチに座る。

買ったばかりの白いスニーカーが少しずつ汚れてきた。

セーヌ川のほうへ降りていく。焦りはないが、時間が無限にあるわけではない。目指すのは、ニコラ・アペール通り十番地。あの事件が起こった現場だ。必ず歩いていくことにしている。川べりに、学生たちのための食堂がある。セーヌ川に係留している船がまるごとレストランになっていて、少しばかり揺れることを厭《いと》わなければ、格安の料金で肉や魚が食べられる。今日は食べる気がしないので、パス。あまり評判のよくないパン屋で、サンドイッチを買う。齧《かじ》りながら歩く。川沿いの道を、流れに沿うようにして歩く。

植物園が見えてくる。今日は入らない。園に沿って歩く。どの橋でもいい、渡れるところで、セーヌ川を渡る。今日は木製の橋にする。陽ざしが強い。バスティーユ広場が見えてくる。こんなに早い時間なのに、もう誰かしら広場に腰を下ろしている。あの事件があった場所はもうすぐだ。高い建物がない、ごく普通のパリの街区。といってもオレにとってはいつまでも馴染《なじ》めない大都会であることに変わりはないのだが。

最初にあの事件の現場を通り過ぎたとき、拍子抜《ひょうしぬ》けしたのを覚えている。痕跡《こんせき》は跡形もなかった。花が手向《たむ》けてあったり、「共和国は憎悪に打ち勝つ」などと書いてあるプラカードが所狭しと並んでいたり、そんな事実がまるで消えていたのだ。十二人が亡くなったのだから、何カ月経とうが、はっきりとした徴《しるし》があるものだと思っていた。たまに花束が置いてある。横目で確認するだけだ。自分で花を用意したり、ジッと立ちどまったりはしない。黙って通り過ぎる。

だが、この場所だ、と思った。この場所を通っていればそれに出会うことができそうな気がした。なぜだかわからないが、犯行現場の近くの壁に、大きな、人の背丈くらいの黒い手が描かれている。両手だ。二つの手は、何かを指している。それが何かはわからない。指が、手が、何かを指していることしかわからない。気になって仕方がない。

だが今日も、壁に大きく描かれた手を眺めるだけにする。

第一章

俺たちは棒高跳びの選手みたいだった。もっと高く跳びたいと思っていた。七メートルを超えて。そこで停まるなんて考えたこともなかった。いつも、絶えず、もっと高くと念じていた。誰も俺たちのことを探しに来ない場所を求めて。

（ジョイ・スタール『悪い評判』）

1

世界が見えてきた。穴ぼこの向こうに、空がはっきりと浮かんでいる。俺は右手に握っている武器を確認する。口の中の歯が、まるで生き物のように音を立てている。風が吹いている。幾本もの樹木が見える。一月のくせに眩《まぶ》しい太陽が俺の目を射る……。

俺たちはドアを細く開けて、そろそろと前に進んだ。木陰《こかげ》や物陰に、その向こうの鈍《にぶ》く光る警察車両の陰に、数え切れないくらいの警官や軍隊が潜んでいるのがわかった。無数の銃口にさらされていた。テレビにはきっと俺たちの姿がこれ以上ないくらいの鮮明さで映し出されていることだろう。いま後にした印刷所をできるだけ毀《こわ》したくなかった。やつらの弾丸が俺と兄貴の身体を襤褸《ぼろ》切れみたいに千切ったとしても、印刷機や従業員や、そしてあの印刷所の経営者を苦境に陥れるわけにはいかなかった。できるだけ、建物から離れたところで銃撃戦を始めなくてはならない。だがどうすればそんなことができるのか？　なに、簡単なことさ。兄貴がそう目配《めくば》せした。印刷所の敷地ギリギリのところまで出て行ったら、昨日からずっと俺たち兄弟を守ってくれているカラシニコフを構えて見せればいい。それで蜂の巣になっちまうけど——それは銃撃戦ではなく、一方的な殺戮《さつりく》にすぎないけど——でもそれしか、印刷所の被害を最小限に抑えることはできないだろう。兄貴の目はそう語っていた。

俺たちは出て行った。憲兵隊と特殊部隊の銃口の待ち構える空間に。

空ははっきり見えた。カラシニコフを構えた。と、唐突に地面が近づいて、青空はふいに黒ずみ、見えなくなった——。

2

俺の名前はシェリフ。どこにでもある名前。兄の名はサイード。これもよくある名前だ。兄貴は一九八〇年九月七日生まれ、俺は二年遅れて、一九八二年十一月二十九日に生を享《う》けている。パリ十区生まれ。でも記憶に残っているのは生まれた場所じゃなくて小さい頃遊んだ場所。パリとパリの郊外が接する地域だった。生野菜の腐ったような、饐《す》えた臭いが通りにさえ流れているような街で俺たちは育った。五人兄弟で、下にまだ三人の妹弟がいた。親父は俺たちがまだ小さかった頃に癌《がん》で死んだ。母親も俺が中学生のときに、自殺した。クスリをやって首をくくった。一九九五年のことだ。学校から帰って最初に発見したのは俺だった。いつものように、団地の薄暗い階段を四階までのぼってきて、ドアを開けたら日常が少しヘンだった。売春をして俺たちの面倒をみてくれた母親は、昼間は眠って夜はいないというのが日常だったけれど、その日は、母親が家にいる気がした。気配があった。うっすらとした彼女の体温みたいなものが、ごちゃごちゃした部屋の中に漂っていた。俺は一言も発することなく急いで階段を駆け下りると、団地の入口でゴロゴロしているアブデルに言った。母親が死んでる、首をくくってるって。目脂《めやに》をいっぱい浮かべた、もう老人といっても差《さ》し支《つか》えないアブデルに俺の言葉が届いていたのかどうか。アブデルは起き上がり、建物の陰に消えた。警察がやってきて、母親の死体を運び出したあたりは覚えている。アブデルはきっと秘密の連絡網で警官たちに連絡したに違いない。でもなんだって、やつはひがな一日、団地の一階でくすぶっていたのか。あの頃の俺にはどうでもいいことだったが……。

両親を失った俺たち兄弟は、児童福祉施設を転々としながら成長した。初めの頃はパリ周辺ばかり。十代の終わりは、コレーズ県〔フランス中部〕の福祉施設。似たような感じの、同じような環境が真綿のように俺たちを包んでいた。不必要に幅広い、よく整備された道路。車はたまにしか走らない。無造作に投げ出された大根の切れ端や鶏の頭が、ときどき舗道に落ちていた。排水がよくないのか、住んでいた団地のまわりにはいつも水たまりができていた。妙な形をした虫が水たまりの周りを這《は》っていた。

兄貴もそうだが、特に俺はサッカーが大好きだった。サッカーのことしか考えてなかった。俺たちの住んでいた地域にも小さなサッカー・クラブがあり、毎週、水曜日と土曜日、俺と兄貴はボールを蹴りに通った。後にも先にもあんなに一所懸命に打ち込んだのは、サッカーしかなかった。六年間も。俺には才能があった。コーチの勧めで、フランス・リーグのプロテストを受けたこともある。

十五歳のとき、元フランス代表のジャン＝ミシェル・ラルケが指導に来た。元フランス代表といっても大昔の話で、いまじゃ肥えたサッカー解説者だが、あのときはキレキレの動きを見せてくれた。ジャン＝ミシェルが俺の名前をピッチの上で呼ぶなんて！二週間のスタージュ〔研修〕の後、俺は最優秀選手に選ばれた。天にも昇る気持ちだった。

あの事件の後、メディアを飾った俺たちの写真はたくさんある。そのなかに、サイードが胸に「ＯＰＥＬ」のロゴが入ったパリ・サンジェルマン《PSG》の子ども用のユニフォームを着ているのが頻繁《ひんぱん》にメディアに掲載された。でも、兄貴はファッションでＰＳＧのユニを着ていたにすぎない。サッカーを仕事として考えていたのは俺のほうだ。その証拠には、俺がサッカー選手になる儚《はかな》い夢を抱えていたとき、兄貴のサイードは地道に勉強していた。ホテル従業員になるための資格試験に合格し、電気関係の資格取得のための勉強までやっていたんだ。

二〇〇〇年になって、俺たちの境遇は変わった。施設を出なくてはならなかった。コレーズ県を離れて、叔父のいるパリにやってきた。だが親戚なんて頼りにならない。俺たちは住む場所も定まらず、友だちもいない環境の中、なんとか生きていくしかなかった。その日を送るだけの生活。ようやく夜に寝る場所を見つけたときには二〇〇四年になっていた。パリ、十九区。俺たちは一人用のマットレスに二人で眠った。イスラム教徒の友だちが探してくれた部屋。俺はピザの配達の仕事を見つけ、女の子の尻を追いかけ、少なくない量のラップを聴いた——。

　サッカー選手の夢をあきらめたのがいつのことだったのか、はっきりとは思い出せない。一九九八年に、俺たちと同じアルジェリア系のジネディーヌ・ジダン（ああ、こんなフルネームで呼んだことはない！　俺たちにとって彼はいつもジズーだ）がヘディングを二発決めて、ワールドカップに優勝して、それから二〇〇〇年のヨーロッパ選手権でも勝って、極東の国々で開かれた二〇〇二年のワールドカップで惨敗して（ジズーのテーピングだらけの太腿《ふともも》は見ていられなかった……）、だんだん、サッカーが遠くなっていった。サッカーはやるものから観るものへと変化し、小さく切り取られた画面の向こうで、二十二人の男たちがボールを蹴り合っているスポーツになった。

　俺はプーマのスパイクを捨てた。

　代わりに、ラップにはまった。ラップばかり聴いた。サッカーのいた場所にラップがするりと入ってきて、空白を埋めた。「俺たちはフランス生まれだというのに、フランスという『売女《ばいた》の国家』が俺たちに何をした？　だから俺はおまえを犯す、おまえの身体をむさぼり尽くす」……。そんなリリックが俺の身体の芯《しん》に突き刺さった。刺さったところから感じたこともない新鮮な血が溢《あふ》れてくるのがわかった。その血を俺は身体の外に放出したかった。言葉を探した。生命を与えてくれる言葉を。

もちろん言葉はすぐにラップにならなかった。「ラップ」という名に値するリリックができたのは、俺の仲間たちが一人またひとりとヘロインをやって落命したからだ。仲間たちがヘロイン漬けになってるのを警察が摘発しにきて、殴られそうになって、逃げて、捕まったとき。俺は初めてラップの言葉を書き残すことができた。

ジーンズの尻のポケットに入れた小さなノートにこんな言葉を書きなぐった。

もううんざりだ
いま、俺の目の前には
エリオット・ネス〔アル・カポネに立ち向かった捜査官〕みたいな連中がいて
俺を職質して、ポケットの中身を調べて、尻をさわりまくる
俺はそんな連中の鼻先に、滞在許可証をヒラヒラ振ってみせる
まるで俺の信仰を告白するみたいに
やることは何もない、いつもと同じ
やばいものは何もない、いつもと同じ

黒い踊りでもやってみせりゃ、アイデンティティを証明できるのか
俺はフランス生まれ、このちょうど裏に住んでる
やることは何もない、連中にとっちゃ、俺は泥水いっぱいの水たまりで
生まれたってことだろ
連中から見れば、俺がこうして立ってられるのも、ドラッグのおかげってわけ
偏見ばかりが蔓延《まんえん》する
聖なるイスラムがパリのエッフェル塔を燃やす
俺が祈りを捧げるとき
黒い服をまとったアラブの女の手が俺を包んでくれる

ラップは、聴くものからやるものへと変わった。あの事件のあと、俺がラップする、たった三秒の映像が世界中に配信されたらしいが、何を歌っていたのかをこそ聴くべきだ。

俺たちは、身も心も包んでくれるものを探していた。保護膜のように俺とサイードの周りにいつもあって、それでいて息苦しくないもの。触れているのかそうじゃないのか、

はっきりと触知できないけれど、あとになって考えてみると、ああ、あのとき生き延びられたのは、あの膜のおかげだったんだ、と実感できる、そんな存在を心のどこかで求めていた。両親でも親戚でもない、何か。

そんなとき、俺たちは宗教に出会った。

「聖なるイスラムがパリのエッフェル塔を燃やす」。このリリックもイスラム教との出会いがなければ書けなかった。サッカーばかりやっていた俺からは想像できない変化だろう。

宗教は「黒い服」を着た「アラブの女の手」のように温かくはなかったけれど、ふいに俺たちの前に姿を見せた。プレ・サン・ジェルヴェの近くのモスクに俺たちは通うようになっていた。そこで親しくなった連中は、俺たちの印象を「道に迷った郊外の若者みたいだ」と語った。たしかに。俺たちは、何かを探していた。もしそれが目の前にあれば、すかさず手を伸ばせるように、つねに準備ができていたんだと思う。アプローチする瞬間が来れば、きっかけを逃さず、こちらの世界に別れを告げる準備が。

ある金曜、俺はモスクでファリドに出会った。ファリドはコーランのことしか考えず、まさしくコーランを呼吸している、サラフィスト〔アルジェリアを中心に活動していたイスラム過激派。

二〇〇六年にアル・カイーダに統合される」だった。もちろんファリドがサラフィストだなんて、すぐに気づいたわけじゃない。でもそんなことはどうでもよかった。ファリドと話しているど、心に火がつくのがわかった。薄い膜がどこからかやってきて、俺の身体を包むような感じがした。

「その線を越えて、向こうの世界を眺めよ――」

どこからか響いてくる声が、俺の脳の中でリフレインするようになったのも、その頃だった。誰の声なのか、わからなかった。ただなんとなくその声と対話するようになっていた。

それがイスラム教の教えなのかどうかも俺にはわからなかった。ただモスクには通い続けた。サイードは迷っていた。俺と一緒にモスクに行くこともあれば、物思わしげな硬い表情のまま、モスクに向かう俺を黙って送り出す日もあった。

ある日、祈りの後、ファリドが近づいてきて、近所の公園で「訓練」しないか、と誘ってきた。近所の公園とは、ビュット・ショーモン公園のこと。パリ十九区の人間なら誰でも知っている有名な森だ。昔の石切り場も公園の中にある。いたるところに大きな岩が露出している。岩だけではない。公園の真ん中には切り立った高い島があって、そこに至る経路には、洞窟や吊り橋が張り巡らされている。ちょっとした訓練にはうってつけの場所だった。モスクで知り合ったタメールと一緒に、俺は訓練に参加した。ファリドの提案で、訓練の間、俺はシェリフという名前を捨てた。アブー・イッサンと名乗った。テンションがあがった。木陰に身を隠し、ランチャーを装着、重りを背負って走り回った。ビュット・ショーモン公園は偽りの戦場だった。子どもの頃、近所の森に作った秘密基地を思い出した。玩具《おもちゃ》の拳銃やナイフ、秘密の地図を隠しておく場所。嘘っぱちの地下活動のために用意された空間——。甘美な幼年期の記憶さえ刺激する疑似訓練を、暇さえあれば繰り返した。ファリドに言われるまま、俺たちは武器の資料を暗がりの中で読み、扱い方を教わり、戦闘訓練を積んだ。「男になれ、本物の戦士となれ」。ファリドは檄《げき》を飛ばした。イラクへの「偉大なる出発」は二〇〇五年一月二十五日、と言い渡された。

だが、俺は怖かった。出発が近づけば近づくほど、モスクに通う前の状態に戻りたいと思うようになった。言い出せなかった。怖気《おじけ》づいた卑怯者《ひきょうもの》と見なされることが何よりも怖かったから。警察の手で一斉検挙されたとき、正直ほっとした。解放されたと思った。開口部の多い公園とはいえ、夜中に武装訓練をしていれば、警察だって黙ってはいない。「フランス国籍の若者をイラクへ送って戦闘員に変えるネットワークに参加した」ことと、「国内でテロ行為を計画した」こと。二点を理由に、俺は現行犯逮捕され、有罪を言い渡された。

サイードはのちに「ビュット・ショーモン・ネットワーク」と呼ばれることになる組織からも、警察の警戒網からも漏れていた。善良な市民として生きていた。だが、事実は違う。サイードはイラク行きの計画に協力してくれた。ピガールに住んでいた友だちに、イラクへの渡航費用と飛行機のチケットを保管してくれるよう手配したのも、サイードだった。

＊

アイシャ

サイード兄さん、シェリフ兄さん。

兄さんたちがあの事件を起こして警察に射殺されてから、もう三年が経ちました。暗く、身も凍るような歳月の中で、私たち残された者は、周囲からの厳しい視線にさらされながらも、ようやく生活しています。

先日、ファリドがテレビの討論番組に出演しているのを偶然、観ました。レイバンのサングラスに、あんまり似合っていないハンチングを頭にのっけたファリドは、与えられた時間のほとんどを自己弁護に費やしていました。ちょっとエキセントリックな自意識過剰気味の司会者が、円形に座った観覧者たちを背後に従えて、ゲストに質問を飛ばしていました。当のファリドは、司会者の最後の質問――どうしても避けられない質問だ、と司会者は力を込めて言い放った――「あなたはシャルリですか?」の問いに対して、「ええ、私はシャルリ《ジュ・スイ・シャルリ》です、もちろん」と堂々と答えて、それだけでなく、準備していた「私はシャルリ」のステッカーまでカメラに向かってこれみよがしに見せたところで、俄《にわ》かに場内からブーイングが沸き上がるなか、番組は終了するというオチまでついていました。

シェリフ兄さんをビュット・ショーモン公園での幼稚な「戦闘訓練」へ誘ったのは、他でもないファリドなのに。あれさえなければ、別の道へシェリフ兄さんは進んでいたはず。奔放《ほんぽう》で女の子のことしか考えていないシェリフ兄さんや、一つひとつ目的をクリアしていく篤実《とくじつ》なサイード兄さんがいまも生きていて、私たちとも馬鹿みたいに盛り上がれる、特別な意味なんかない、どうでもいい話をして笑っているような気がしています。

シェリフ兄さんはファリドをとても気に入っていた。私に結婚するよう勧めていた。あいつは凄いんだって。「イスラムの教えに詳しくて、アラブの言葉に通じているんだ」って、まるで自分のことのように自慢していた。二〇〇四年くらいのこと。シェリフ兄さんが逮捕されたのは、二〇〇五年一月末だった。イラクへの渡航計画が露見して、逮捕された兄さんたちは、フルリー・メロジスという刑務所の、D５という獄舎に収監された。

一年後、シェリフ兄さんが刑務所を出てきたとき、感じが変わったと思った。兄さんは「ヒーロー」に出会ったんだ、って説明してくれた。私はとても厭《いや》な気がした。よくないことが進行している、そんな気がした。兄さんは「ヒーロー」のことをあまり語りたがらなかったけれど、その人がジャメルという名前で、アブー・アムザとも呼ばれていると言っていた。その人のことはとても気になったけれど、詳しく知りたくない気持ちもあった。ジャメルがどんな人なのか、どんな罪でシェリフ兄さんと同じ場所に拘束されていたのか……いまから考えると、あのとき、二〇〇六年三月、刑務所から出てきた兄さんにちゃんと尋ねるべきだった。そうすれば、ビン・ラディンの直系の弟子だと言い張るジャメルがシェリフ兄さんだけではなく、サイード兄さんまでもあの事件に巻き込む可能性のある人物だってことぐらい、わかったはずなのに。

このあいだ、イッザナ義姉《ねえ》さんと話した。イッザナは元気そうだった。シェリフ兄さんと一緒に暮らしていた頃と少しも変わらない印象を受けた。黒いニカブをまとって、視線だけしか外からは覗《うかが》えなかったけれど、彼女が服装と同じく、容易に心底を人に見せるような人じゃないってことは昔からわかっていたつもり。その意味で、イッザナは変わっていなかった。元気よ、いつもと同じ、そっちはどう？　イッザナは平板な口調でそう話した。

シェリフ兄さんの印象が変わったってさっき書いたけれど、具体的には私たち女性に対する態度だった。捕まる前のシェリフ兄さんは、まあ、はっきりと書けばいいまふうの若者で、若い女とみれば近づいて声をかけ、踊って酒を飲んで、身体に触れて、うまくいけばお持ち帰り、という魂胆がまるで透けて見えるタイプだった。

でも出所した後のシェリフ兄さんは違った。真剣に女の尻を追いかけていた。自分が本当に守るべき女性を探しているんだ、と、あの頃、シェリフ兄さんはよく口にしていた。

シェリフ兄さんがイッザナと出会ったのはそんなとき。二〇〇七年頃。シェリフ兄さんは、モノプリ〔フランスのスーパーマーケットチェーン〕で魚を売っていた。仕事があるだけマシだろうに愚痴ばかり。イッザナはよく耐えていたと思う。大人しい、でも芯の強そうな女性。シェリフ兄さんが探していたのは、そんないいイスラムの女性だった。いつだったか、イッザナ本人が生い立ちを話してくれた。五人の弟妹とフランスの北部のアルデンヌで育ったこと、モロッコ系フランス人であること、イスラム教の戒律の中で暮らしていて、十四歳で頭にスカーフを初めて巻き、十九歳のときパリにやってきたこと、ほとんど住所不定の状態で暮らしていて、友だちのところを端から渡り歩いたこと、そして社会福祉センターの助けもあって、ようやく狭いアパルトマン（家賃が月四四〇ユーロ、二六平方メートル）を借りることができたこと。託児所で保育士の仕事をして糊口《ここう》を凌《しの》いだこと……。そんなある日、シェリフ兄さんに出会った——。
兄さん、いまでも私はあのときのことをよく覚えている。兄さんが刑務所から出てきて、雰囲気さえガラリと変わってしまって、とても心配していたのだけれど、女に対する興味が続いていることに、ちょっとだけ安堵《あんど》した。兄さんがもしかしたら過激化してしまっているかもしれない、と考えていたから、女性を侮蔑《ぶべつ》したり遠ざけたりするほうが余程《よほど》心配だった……。好色なシェリフ兄さんこそ、シェリフ兄さんよ！

3

刑務所で俺は「ヒーロー」に出会った。
名前はジャメル。アブー・アムザと名乗っていた。彼は俺たちを導こうとしていた。いまは闇の底にいるかもしれない。だが、闇はやがて光に変わる。そのとき、お前たちは兵士として闘わなければならない。光の兵士として存分にその力を発揮するために、まずは身体を鍛《きた》え、来《きた》るべき戦闘に備えて、理論を身につけなければならないのだ。戦闘の時を待て、そして時が充ちたとき、躊躇《ちゅうちょ》することなく、殺せ。ジャメルはそう言っていた。

いま、俺たちと言ったが、彼の言葉を聞いたのは、俺一人ではなかったという意味だ。ジャメルの周りに集まっていたのは、俺と、チュニジア出身の二人組（こいつらの名前は二人ともファアリドだった……）と、アメディだ。俺はこのとき初めてアメディに出会った。やつとは最初から気が合った。肌の色も育ちもまるで違ったけれど、血を分けた兄弟のように思えた。朝から晩まで一緒にいた。身体を鍛えた。兵士としての身体を維持するために。

二〇〇六年に刑務所を出たとき、俺の身体はひとまわり大きくなっていた。筋トレによって体形はずんぐりになっていた。モノに動じない感じを人に与えたはずだ。妹のアイシャは俺の変化に吃驚していた。兄貴のサイードは相変わらずのポーカーフェイスだったけれど、俺の獄中での生活を誰よりも気《き》に懸《か》けていたのは彼だった。

刑務所から出ても、俺たちは仲間だった。俺とチュニジア人のファアリド（×2）と、そしてアメディだ。あれはいつのことだったろう。ダラダラと時間を潰しているうちに夜になり、誰が言い出したのか思い出せないが、サッカーをやることになった——。四人しかいなかったが。俺たちは閉まっている公園の鉄門をよじ登り、芝生の上で、拾ったボールを誰からともなく蹴った。まるで小さな子どものように。刑務所の中でボールを蹴ることはどこかしら身体の訓練と連動していた。そうじゃなかった。あの夜のサッカーには純粋な享楽《きょうらく》しかなかった。アスファルトを歩くとカツカツと乾いた音のするスパイクも、吸水性の高いユニフォームも、脛当《すねあ》てさえなかったけれど、ボールを蹴ることの楽しみは、あの夜が最高で最後だった。三時間ぶっとおし。疲れて倒れ込んだときの芝の匂いと、食べた料理の香辛料が混ざったような汗の臭いがした。

久しぶりのサッカーで、俺は興奮した。疲れた身体を横たえたまま、俺はアメディに、「前進しなければならない。獣《けもの》になるつもりだ。俺がお前を育ててやる。最高だ！」と叫んだ。アメディは雷に撃たれたみたいに俺を見た……。

俺たちの会話は本当に他愛《たあい》なかった。移《うつ》ろいやすく、くだらない。でも真剣に考えていることがあった。結婚だ。俺は結婚したかった。女なら誰でもいいわけではなかった。

俺たちの考えを認め、行動を称賛し、未来を祝ってくれる――そんな女。俺たちには計画があったからだ。アブー・アムザの教えを実践しなければならなかった。

イッザナと出会ったのは、そんなときだった。二〇〇七年の夏。刑務所を出て、一年ちょっと経っていた。スーパーの魚売り場で働いていた。もう仕事にはうんざりしていた。イッザナは控えめで落ち着いた女。携帯のアドレスを訊きだして俺たちはすぐにメールをやり取りするようになった。

このときイッザナはすでにヴェールをかぶっていた。厳格なイスラム教の家庭で育ったから。でも彼女の父親は家庭を壊した。シトロエンの工場で働いていたが、些細《ささい》なことから退職し、家庭を捨てた。イッザナは自分が捨てられたと感じたようだ。家庭を捨てる男は大嫌いだと、付き合い始めた頃よく口にした。おとなしい外見とは裏腹に、ときどき強い意志を見せた。口癖のように言っていたのが、イラクに行ってアメリカの帝国主義と闘っているイスラム教の人々を助けたい、だった。俺の考えに適《かな》っていた。結婚することで信仰を深めたかったからだ。ある日、イッザナに、俺のうしろに従って歩け、と言った。イッザナは受け入れて、すぐに俺を母親に紹介した。俺たちは宗教的に結婚した。

形式的な結婚だったけれど、俺は全力で愛の言葉を口にした。「妻よ、俺はお前がいないとダメだ。愛している。君は俺の心の支え」。イッザナは俺のことを「バナナ頭」と呼んだ。なんのことだかわからない。結婚式に参列した人は少なかった。立ち会い人が口にした「法の名のもとに」という誓いの言葉が俺の心に響いた。一方、イッザナは伝統的な生活スタイルにあこがれていた。全身を黒で覆い隠した。結婚前はカラフルなジルバブ〔イスラム教の女性が頭部に巻くスカーフ〕を着けていたが、結婚後は、全身、黒、黒、黒。俺は、イッザナのいでたちが彼女自身の考えであることが誇らしかった。HLM〔低所得者用住宅〕の五階。狭い部屋。近所のモノプリで仕事する以外、俺は部屋の真ん中のソファーに座って、「レキップ」〔フランスのスポーツ新聞〕を読んだり、サッカー番組をザッピングして時間を潰した。テレビはよく観ていた。ジョギングの恰好のままだ。スウェットの上下。ジーンズさえ穿《は》かなくなっていた。テレビやインターネットで情報に接していた。新聞は読まなかった。イスラムについての情報は、俺たち二人で使っていたPCにストックした。そのうちの一つのフォルダには「ラジカルな根づき」と名前をつけた。民主的で世俗的なイスラムの教えを集める一方で、先駆者たちの言葉として、「犠牲」「自殺」「殉教」といった行為を実行するための、イスラムの教義ばかりを集めた書き物も、そこには混じっていた。女や子どもをジハドの中で殺す事実は俺には耐えがたかったが、その事実をイスラム教の教えではどう判断するのか、いろんな見方をストックした。

あの事件の後、イッザナは警察の取り調べを何度も受けた。事件の前も俺は監視下に置かれていたから、警察のやつらは以前から頻繁にイッザナにコンタクトをとっていたようだ。だが敬虔《けいけん》なイスラム教徒として育った彼女はけっして自分の心を明かさなかった。ある日イッザナの友だちが、「二日後にイスラエルがガザ地区に地上部隊を送り込むことになっているから、ハマスとの闘いはケリがつくんじゃない？」とＳＮＳで言ってきたことがあった。その友だちは殺されるパレスチナの女や子どもに思いを寄せていたのだけれど、「だとしたら、どうしてアラーの神はガザの姉妹たちを救ってくれないの？」とメッセージは結ばれていた。イッザナは答えなかった。警察が通信を傍受していると考えていたから。「ガザは遠すぎるし、私はけっして敬虔な信者ではないから」と彼女は返信した。それからしばらく経って、イッザナはパレスチナの宗教的戦闘主義に賛同すべく、デモ行進に参加した。俺たちの起こしたあの事件から一年も経たないうちに惨劇《さんげき》が起こる劇場「バタクラン」の前で、イッザナは声を上げた。

夫婦関係について、俺の目には大きな不満があるようには見えなかった。ただ一つだけ、俺が何度も口にした反ユダヤ主義には辟易《へきえき》していたようだ。不毛ね、と直接感想を述べたこともある。珍しかった。俺はいつも「ユダヤ人には憎悪しか感じない」と言っていた。「やつらを全員とっつかまえたい。ユダヤの店をぶっ壊して、通りに出てきたところをぶん殴ってやる」とか、そんなことばかり口にした。ファリドやジャメルの口調が乗り移ったみたいだった……。そうだ。反ユダヤ主義の言葉を俺は幾度も口にしたし、それによってイッザナを感化しようとしたけれど、俺の口は俺自身のものじゃないみたいだった。決まった言葉がオートマチックに唇から流れ出ていた。それを止める手立てが俺にはなかった。

イッザナは俺の言葉に反応しなかった。スルーするみたいに冷めた視線を送っていた。反対に俺は熱くなっていった。そのうち俺は、アメディたちとジャメルを脱獄させようと盛り上がった。二〇一〇年の夏頃のことだ。「妻の冷淡さに比べて、ジャメルへの俺の愛情は溢れんばかりだ。もしすぐにこちら側に帰って来られないなら、俺たちが踏み出すしかない」。アメディに決意を語ったりした。ジャメルを奪還する計画が俺の脳裡《のうり》には渦巻き始めていた。

少しずつ準備をした。ジャメル脱獄計画は、アメディと俺の共通の願望となり、生活にはもう一度活気が戻ってきた。だが計画は杜撰《ずさん》だった。ジャメルを取り戻すという妄想が先走って緻密《ちみつ》さがなかった。あれは二〇一〇年の秋だったが、イッザナとアメディと、アメディの妻のハイアと俺の四人で、ポルト・ド・クリシーへ出かけたことがあった。夜のドライヴ。誰もいない墓地に入り込み、祈りを捧げた。イッザナとハイアのほうが俺たちよりもずっと熱心に祈った。地面に頭をこすりつけて一心に祈りを捧げた。俺はジャメルを無事に取り戻せますように、と心の中でずっと唱えていた。

それから数日後、警察が訪ねてきた。俺が過激化して、ジャメルを脱獄させるのではないか、との疑惑だった。再び逮捕されたが、すぐに釈放された。「十分な証拠」がなかったのだ。イッザナはあの事件の後、このとき（二〇一〇年秋の身柄拘束）のことをこう供述している。「私たちはシェリフの危険性を見抜けませんでした。ただ確実に言えるのは、夫は勾留《こうりゅう》によって《壊れて》いったということです。私たちは彼の交友関係、特に獄中のそれについては話すように努めていました。でも話に出てくる誰とも会ったことはありません。シェリフは家族のもとに戻りたい、戻りたいと繰り返していました」。

しかし俺はもう家族へと回帰することはできなかった。家族という暖炉から外へ出てしまっていたんだ。

＊

一般人・男性

ええ、シェリフのほうから話しかけてきたんです。サッカーが好きなのかって。一緒にボールを蹴らないか、と。で、ちょっと仲良くなったらすぐに彼は態度を一変させて、モラルを説き始めました。行動についてよく考えよう、と言い、諭《さと》すような口調に変わりました。僕たちが本当のイスラム教徒ではないことを知ると、「本当のジハドは、パリの郊外で起こすのではなく、イスラエルに向けて行われるべきだ」と言い放ちました。文字通り、反ユダヤ主義のジハドを呼びかけていたんです……。

＊

アイシャ

シェリフ兄さんがだんだん態度を硬化させていったのは、二〇一〇年の秋の頃だったと思う。兄さんはフラストレーションを溜めているように見えた。イスラムに対する世界的な陰謀《いんぼう》がいたるところで渦巻いていて、自分はその迷妄を晴らすために話し続けなければならないし、機会があれば暴力に訴えることも辞さない……そんな雰囲気が身体から滲《にじ》みでていた。

そのうち、兄さんは外出しなくなった。一日中、あの狭いアパルトマンに居続けるようになり、イッザナはとても心配していた。兄さんと一緒にいることが難しいって話していた。小さなこと、愚《おろ》かしいことをめぐってシェリフと諍《いさか》いを起こすようになっていた、と。決まった時間に眠らない、とか、家にたった一つしかないテレビがついているとちゃんと眠れない、とか、どうでもいい些細なこと。イッザナはそんな兄さんと少し距離をとらなくてはならないと考え、水曜日の午後と土曜日の午前中は、テコンドーを習いに教室に通うようになった。ハイアも一緒に。イッザナとハイアは仲良くなっていった。二人の結びつきは強まるばかりで、テコンドー教室で遅くなって祈りの時間が十分に取れないときなどは、ハイアがイッザナの家に祈りを捧げるために立ち寄ることもあった。

シェリフ兄さんを責めているんじゃない。兄さんとアメディと、イッザナとそしてハイアの四人で遊ぶ姿が、私にはとても微笑ましく思えたし、そんな時間が少しでも長く続きますようにと祈っていた。でも男たちは男たちでつるむようになり、女たちは女たちで集まるようになっていった。シェリフがイッザナと結婚した裏側には、女は男に守られるべき者という発想がある。小さく、か弱く、人前で肌も見せず、いつも言葉少ない女性たち。でも裏を返せば、男は女を守るポジションに固執しているにすぎない。なんて小さなプライド！あの頃のシェリフ兄さんはそうだった。それは兄さんのイスラム教への過激化を促す一本の糸でもあった。

シェリフ兄さんが過激化？　私はいまもどうだかわからないと思っている。たしかに外から見ると、兄さんたちの過激化を証明するものは多くある。言動やPCにストックした動画、写真。イスラムについての認識を深めるため、という口実で、兄さんは仕事以外の一日のほとんどの時間をPCの前で過ごしていた。イッザナは「暴力的映像」を観ている様子はなかった、と言っているけれど。ただ、兄さんとイッザナが共有していたPCからは、大量の「殉教ビデオ」やアル・カイーダの教えを映像化したものが見つかった。あのアメリカ人のブロンドの女――名前はたしかジハド・ジェイン――の映像も見つかった。彼女はたくさんの若者をリクルートした……。

そして何よりも『光の兵士たち』。著者の名は、マリカ。兄さんたちの使っていたPCには、彼女の文章の全文が収められていた。

＊

マリカ

この本は、一般の出版社の許諾の下に出版されたものじゃない。あなたがた読者はそのことにすぐに気づくでしょう。でも、誓ってもいいけれど、これと似たような本は、あなたの本棚には存在しない。文学の香り高い傑作ではないけれど、最後まで読みたくなるような本。私はいわゆる「イスラム過激派」について心を込めて語っているけれど、もちろんそれだけじゃない。西欧社会のムスリムの置かれた状況について語っているつもり。ただし本の中心はほかのところにある。いま世界中で人類の敵と見なされている人々が、いったい何を考え、何を感じているかを知ることには重要な意味がある。「テロリズムに対する戦争」という大袈裟《おおげさ》な呼びかけの裏側で、善と悪とは場所を取り換えている。ビン・ラディンのパルチザンたちは「光の兵士」なのに、敵対する側では、犯罪者扱い。

だから私は、この本を白と黒とに色分けして描いていない。本当の意味で信教に殉じた戦闘員が誰なのか、はっきりさせたいだけ。

私は、自分のことをベルギー人だと思っている。オリジンであるモロッコ人だと思ったことは一度もない。モロッコという国を祖国だと思ったこともなければ、足を踏み入れたいと思ったことすらない。ベルギーで教育を受けたし、学校の成績もつけてもらったし、アフガニスタンに行ったときは、ベルギーのことを思い出してノスタルジックな気分になった。でも本当はどこの国籍でもよかった。イスラム教徒になりたかった。

ベルギーのムスリムの環境に対して、私は敬意を払いたい。結婚についてもそう。とっても短くて破滅的な結果になったけれど、二人の男性と結婚した。最初の結婚がこれから書こうとしている本当の「愛の物語」。一人の男と一人の女の、出会いから別れまでを綴《つづ》った物語になるはず。

私がこれから話す物語は、ヴェールをかぶった女性に対して人が抱く単純至極《しごく》な印象を叩き壊す力を持っている。私は、「自動的にムスリム化したフェミニスト」ではないし、「自尊心の強い男性からの尊敬を求めるフェミニスト」でもない。「神によって与えられたパートナーを守る役割に徹した女性」にすぎない。このことは、アフガニスタンの女性たちが置かれている状況を知る読者には大きな驚きだろう。私がアフガニスタンで出会った兵士たちは、基本的に女性に対して優しく、思いやりがあった。この点は、ヨーロッパのムスリムに欠けている。

最終的に私が見つけた、そして本当の「愛の物語」を生きた相手はアブデサタール。二〇〇一年九月九日に、アフガニスタン内の反タリバン勢力の中心人物だったアフマド・シャー・マスードを自爆テロで殺害した男。アブデサタールは、自分の服は自分で縫うような人だった。なぜって？　私が裁縫《さいほう》が大嫌いだったから。私は司法上の制約の中で〔マリカは警察によって拘束されていた〕、可能な限り誠実に語っている。プロパガンダじゃない。イスラム過激派はいろんな形をしている。理想主義者たち。教えを墨守《ぼくしゅ》する保守派たち。その他いろいろ。彼らはみんな自分たちの行動が神の視点からどう見えるのか、思考する。

私は、みだらな女——卑俗な、という言葉をあえて使わない——みだらな、という言葉以外に思い浮かぶ言葉がないから。私がこれから話そうと思っている、一連の行動をちゃんと形容するには、その言葉しかない。何より、私たちは過激なイスラム教徒！　このことがあなたがた読者を怖気づかせるでしょう。なぜって、あなたがたは、真実から目を逸《そ》らす罪深いメディアに操られているから。私はもっと遠くまで行くつもり。ウサマ・ビン・ラディンが言ったように。もし、私の子どもたちを殺した奴らを仕返しに殺すという単純な行為が、テロリズムという呼称に相当するというのなら、私はテロリスト。そして、私はムスリム。そのことを誇りに思う。私は光の兵士たちの妹。私もまた兵士の一人。

4

どうやって俺とイッザナがマリカの書いた『光の兵士たち』を読むことになったのか、はっきりとは覚えていない。ただ、イスラム過激派のサイトにアップされているマリカの文章を初めて目にしたときから、予期しない衝撃が心に拡がった。見えない手で脇腹を殴られたような感覚だった。「私の役目は爆弾を起動させることではない。それはバカなこと。私の武器はたった一つ。書くこと。それが私にとってのジハドなの。あなただって、言葉でたくさんのことが成し遂げられる。書くことは一つの爆弾でもある」。

マリカは大新聞でのインタビューでそう答えていた。ピンときた。マリカが考えていることと、俺の考えていることには共通した何かがある。書く行為が大きな変革を起こすことができる、という思いと言えるかもしれない。

俺はずっとラップが好きだった。リリックを書くことで途轍《とてつ》もないことが起こるような気がしていた。むろん、一部の過激化したイスラム教徒の中には、ラップを口汚《くちぎたな》く批判する者もいる。アルコールやドラッグと結びついていることを汚染のように言う人もいるし、ビデオ・クリップに裸の女が映っていたりすることも、彼らの反発を買っている。若者を堕落させている、というのだ。ただ一方で、連中はラップやヒップホップ・カルチャーを自分の集団へのオルグの道具としても使っている。ラップの重低音のうえにのっけた素朴な勧誘の言葉で、自分たちの集団の優位性を印象づけたり、じっさいに参加者を獲得したりもする。これは矛盾ではないのか。いや、そうか、嫌ってるから、道具としてわざと使ってるって見方もできる。

ただ、ジャメルは必ずしも音楽を厳しく制限する人じゃなかった。本音《ほんね》はわからない。本当はアメリカの資本主義の匂いがプンプンするラップなんか、好みじゃなかったに違いない。だがジャメルは言葉を信じていた。言葉しかなかった、と言ってもいい。言葉で革命を起こすという一点で、俺やマリカと共通する素地を持っていた。『光の兵士たち』を俺は読んだ。読み耽《ふけ》った。繰り返し読んだ。マリカは「愛の物語」と書いている。たしかにそうかもしれない。でもそれ以上の何かが、そこにはあった。自分の席だと思っている空間こそがじつは誤りで、席なんて誰にも保証されていないし、そもそもそんなもの、ない。読者はそう感じるだろう。マリカの文章には自分の居場所を大きく揺るがす力があった。

5

二〇一一年頃、俺はイッザナと離婚したいと思っていた。まったくどうしてだろう……。気分がふさいで仕方がなかった。イラついていた。サッカーを観ても鬱屈《うっくつ》を晴らせない。離婚しかない、と思っていた。イッザナは粘り強かった。悪いところがあれば直すし、アブデサタールとマリカみたいに、一つの目的に向かって、同じ方向を向いて生きていきたいと言った。俺は外国へ「空気を変えるために」行きたい、と繰り返した。

イッザナとの諍いに疲れ果てたというよりも、組織が指定する場所に行って、武闘訓練をするつもりだった。夜中の公園で阿呆みたいに訓練ごっこをするのとはわけが違った。

イッザナを振り切って向かったチュニジアでは、チュニスの税関でブロックされ、入国拒否の憂《う》き目《め》にあった。俺の名前はチェックされているようだった。翌日、無為《むい》のまま帰宅した。一カ月後、今度はトルコで一週間過ごすことを考え、イスタンブールに向かった。Tシャツと入浴道具、プルオーヴァーが二着、黒の帽子。パンパンに膨れ上がったリュックを背負って向かったが、やはり入国はできなかった。イッザナはこのとき、薄々気づいていたんだと思う。俺の行動が奇妙なくらい外向きで、それまでとは一八〇度違っていたから。あの事件の後、イッザナはこのときの俺の気持ちを推測している。「シェリフは場所を移して、自然に近い、静かな小さな町で過ごすことを願っていたと思います」。大嘘だ。

イッザナは知っていた。俺がアブデサタールに強く影響されていることを。マリカの『光の兵士たち』という文章の中で、アブデサタールはベルギーを出て、いったんパキスタンに入り、あらためてアフガニスタンに出国している。そして目的を果たした。彼の行動――というよりも、光の兵士としての使命に俺は強く憧れていた。パリを出たかった。大きな目的を遂げるため、どこか第三国に入りたかった。しかしいろんな国で俺は歓迎されなかった。フランスでやらかした犯罪を理由に入国を拒否されたのだ。

　オマーンだけが違った。どうしてだろう。あっけないくらい簡単に入国を許された。オマーンを経由して、イエメンに向かった。アル・カイーダで武器の使い方を訓練するためだった。

6

俺は、マリカの書いた文章——これはいったいどんなジャンルに属する文章なのだろうか。ノンフィクション？　日記？　それとも小説？　いやいや空想的な随想か？——に引き込まれて読んだが、イッザナはもっと没頭していた。『光の兵士たち』に完全に呑《の》み込まれていた。

　いまとなっては確かめようもないが、イッザナの内側にはマリカへの強いシンパシーが芽生えていたと思う。同じモロッコ系という点は大きかった。イッザナは、アフガンに渡航し、夫だけを見つめ、様々な障壁に苦しむマリカと自分を同一視していたのではないか――。

途中、マリカは耐えきれなくなってベルギーに戻ってしまう。あんなにも一途《いちず》に夫を愛していたマリカが……。ただ夫は見抜いていた。マリカを一人でベルギーに戻せば、アフガニスタンへの渡航が問題視され、警察から尋問を受けるだろう。もちろんメディアが放っておくわけがない。一大スキャンダルの可能性があり、彼女にはそれを拡張する能力もある、と。マリカは強い。自分の意見をまげない。「夫が不安に思うことはわかっていた。彼とは約束していた。私の自由を決して邪魔しないこと、私の考えをちゃんと私に言わせること」。マリカはアフガンで見たことを黙っていられなかった。二〇〇一年五月の末にはベルギーに戻り、アフガニスタンの貧困について、孤児たちについて話した。話し続けた。テレビでは相変わらず、タリバンの「若い国家」の信用を失墜《しっつい》させようと毎日、ジャーナリストたちが話し続けた。ネットワークを使って情報を流した。一見すると彼らには言葉があるように見えるけれど、じっさいはアフガニスタンでの戦争を支持する国際世論の形成のために、嘘を垂れ流していただけ。マリカの言葉を聞きながら俺はそう感じ始めていた。マリカの言葉は熱を帯びる。「じゃ質問するけれど、アフガニスタンの女性たちが、見捨てられ、怖ろしい条件下で出産しているのは、アフガニスタンのせい？　アメリカのせい？　子どもたちに食べ物を与えるために物乞いになっているのは誰のせい？　数少ない歯医者が麻酔なしで子どもたちの歯を抜いているのは？　それに、あの国にほとんど医者はいない。医者は、民衆を支えるために国に留まったりしないし、蓄財を考えて、国から出て行くのよ！」。

マリカは再びアフガニスタンに戻る。二〇〇一年九月九日、夫のアブデサタールは、アフガニスタンの北部同盟の指導者だったマスードを殺害する……。俺は、二〇一一年にこの腐ったパリにいる俺は、いったい何をすればいいのか。アブデサタールになれるのか。なるにはどうすればいいのか——。

＊

アイシャ

いくら説明しても誰にも理解されないけれど、私は兄さんたちとは違う。そもそも私は宗教的ではない生活をしている。住んでいるのも荒廃した団地、とか、貧困の巣、とかとても呼べない、普通の団地。平凡で欠伸《あくび》が出るような普通の住宅。女友だちと喋《しゃべ》ってるうちに陽が落ちて、それでもそのことに気づかないで、バイトに出かけることさえ忘れそうになって、知り合いのタクシー運転手のおじちゃんに、そろそろ仕事の時間だろ、って教えてもらうようなところ。パリの郊外っていうだけで、暴力と排除のイメージを抱く人もいるだろうけれど、もちろんほとんどのフランス人は暴力的でもなければ排除されてもいない団地に暮らしている。私もその一人。兄さんたちがあの事件を起こした後はさすがに警察にマークされてはいるけれど、近所の人たちの厚意の中で暮らしている。

宗教色に染まった生活をしていないから、恋愛も自由。パリのオシャレな地区にあるクラブに招待客を装って出かけることもある。招待されていないから、正面からは入れないけどね。こっそり出口から入っちゃうこともあるし、イケメンを指さして、いかにも知り合いってフリをして強引に入ることもある。友だちのアイサタなんか、そうやって知り合った彼氏とすぐにセックスして、そういう関係になり、彼のアパルトマンに引っ越していったんだけれど、まあ、あれは別の言葉で言えば、家政婦ね。部屋の片づけやら、日用品の買物やら、洗濯物の仕分けまで、日常のこまごました仕事を全部やらされた挙句《あげく》、別に本命がいることがわかって大騒ぎ。アイサタと一緒に、彼の部屋に忍び込んで、ソファーやベッドのマットをすべて切り裂いたうえに、部屋じゅうケチャップだらけにして帰って来た。

でも微妙な距離があるかもしれない、パリって都市には。私たちが住んでいる郊外から、パリ中心部までは電車でほんの十五分くらいだけれど、パリまで十五分の距離感を埋めることはできない。どんなに近くに住んでいたって、微妙にたどり着かない、そんな感じがいつも私の中にはある。

7

マリカの書いた文章の中で、俺がいちばん好きなところは、大地から放たれる光が、マリカたちを助けに来た兵士たちの顔を照らし、彼らこそが「光の兵士」であることを証明するくだりだ。俺は身震いしながら読んだ。大地から放たれる光は、同時に神からの光でもあり、その光にくるまれた真の勇者こそ「光の兵士」なのだ。

あれは二〇一一年頃だったと思う。アメディたちにも『光の兵士たち』を読むように言った。アメディは、そのときハイアともう結婚していて、二人は仲睦《なかむつ》まじかった。羨《うらや》ましいくらいに。アメディは俺と一緒に出所したあとも小さな罪を重ねて、刑務所を出たり入ったりを繰り返していた。その間に、アメディの中にちろちろと燃えていた憎悪の火は、制御できないくらい大きくなり、社会への復讐《ふくしゅう》を誓うようになっていた。父親が、アメディが刑務所にいる間に癌で死んでしまったことも大きかった。

アメディは二〇一一年六月、突然モロッコへ向かう。五日間、消息不明になった。「訓練」に参加するためだった。ジハディスト予備軍として、アメディは着実な歩みをみせていた。一方でハイアはアメディとは別行動をとっていた。一緒に訓練に参加するわけじゃなかった。アメディが刑務所から出てくるだけで幸せだ、とハイアは漏らした。本音だったと思う。二人は二人だけの世界を構築していた。俺が彼らの世界に踏み入ることはできなかった。ハイアはアメディの後ろに寄り添い、彼の身体を、まるで城壁のようにしてその背後に身を潜めていた。そんな関係の中に生きている二人だからこそ、『光の兵士たち』を読んで欲しかった。アメディは『光の兵士たち』を、本当に読んだのだろうか？

8

サイードについて語っておかなくちゃならない。
やつがパリ市の臨時職員として仕事に就き、比較的安定した生活ぶりだったのは、二〇一〇年までだ。二〇〇七年にスミヤと結婚したサイードは、最初別々に暮らしていた。スミヤがランス〔フランス北部の都市〕に住んで仕事をしていたから、サイードはパリからわざわざ通っていた。車で行けば二時間はかからない距離だ。二〇一〇年にはとうとうサイードがランスに引っ越した。そして二〇一一年、スミヤが妊娠して、娘が生まれた。順風満帆《じゅんぷうまんぱん》だったが、すぐにすきま風が吹き始める。愛車のクリオを運転していたサイードに「重大な身体的欠陥」が見つかったからだ。ハンドルを握ることさえできなくなってしまう。スミヤは夫の体調を心配しながらも、徐々に何もしなくなっていくサイードに焦《じ》れていた。悪いことは重なる。スミヤも病気になった。自分の病気だけでも大変なのに、夫はといえば家にいて、あらゆる活動を停止していた。怠《なま》け者《もの》、とスミヤは罵《ののし》った。スミヤの病気に給付される金額で一家は生きていかなければならない……。サイードは職安に登録さえしていない。当時、サイード一家の隣で暮らしていた人は証言している。「あいつは困ったやつだ。何をすべきかまるで考えていないし、ネジさえ締められない。汚水を排水することだってできない。五メートル離れると何も見えないし、喘《ぜん》息《そく》を患《わずら》っていた。いつも病気みたいだった。あいつを当てにすることはできないんだ。体調がどうあれ」。

サイードはときどき自分を変えようとした。稀《まれ》に家からジョギングをしに出かけた。十分ともたず息をはずませて帰宅した。ランスのアパルトマンは広かった。三部屋もあった。最初、俺はサイードを元気づけようとランスに出かけていった。でも面倒になった。実際に会って話をするよりいい方法を思いついたんだ。オンライン・ゲームの「コール・オブ・デューティ」を介して、俺はサイードと繫がった。戦争ゲームの一種だ。一日じゅう対戦していた頃もある。俺はパリにいて、サイードはランスにいたが、一緒に遊んでいる感覚があった。母親がせわしなく仕事に出かけた後、俺とサイードは、サッカーの練習のない夕方、よく遊んだ。あの日々を少し思い出した。懐かしかったが、俺たち二人の焦燥感《しょうそうかん》は募《つの》るばかりだった。アメディが兵士として着実に力をつけていくのを横目に、無為の日々を続けるしかなかったから。二〇一二年から一三年にかけて、俺たちはそうやって過ごしていた。

サイードの体調がよくなってきた二〇一四年、俺たちは頻繁に会うようになった。ただ会いたかったというわけじゃない。あの事件の計画や準備が必要だったからだ。内心で憎悪をかきたてていたアメディとは違って、俺たちは、冷静に事を運んだ。盗聴されていると思ったし、メールやＳＮＳは監視されていた。だからどちらかの家で計画を練った。俺のアパルトマンにサイードがやってくるとき、イッザナには買物に出かけるよう軽く命令した。逆に、サイードの家に俺が行くときは、スミヤを部屋に入れなかった。俺たちは数時間、部屋で話し込む。それから外出して、最後はサイードだけが家に戻る。そのパターンだった。あの事件のあと、イッザナとスミヤは奇《く》しくも同じ言葉で、俺たち兄弟のことを表現した。「兄弟は、同じ波の上に乗っていた」と。

サイード兄さんは静かで、シェリフ兄さんはおしゃべり。これが二人に対する私の見方だった。

最期の日々の兄さんたちは、奇妙なユニオンを結成していた。まるでカップルみたいで、それぞれが自分の立ち位置にいた。サイード兄さんは、ランスに行ったあたりから変わっていった。ただサイード兄さんは穏健《おんけん》な性格だったから、より慎《つつ》ましい仕方でイスラムの世界へ入っていったと思う。ランスに自分の根城を構えて、体調も回復し、弟に頻繁に会うようになってから状況は変わった。シェリフ兄さんを介して、過激なイスラム教の、狂信的なヴィジョンに浸っていった。二人っきりでいる兄さんたちが、ムスリムでもアラブでもない、すべての人々に対して、凄い差別主義に毒されていったのは、二〇一四年頃じゃないかと思う。もちろん主導したのはシェリフ。でもサイードの、一見すると寛容な態度の裏側には、誰かが蠢《うごめ》いていた。温和な笑顔を作り出していたのは、兄さんを操る「操作者」だったといまでも思う。ジャメルやファリドはその器じゃない。陰に潜んでいて決して姿を見せないけれど、兄さんたちをあの事件へと駆り立てたのは、ずる賢い、邪悪な声だったんじゃないかと感じる。

9

アメディとハイアは金策に走った。あの事件を完遂《かんすい》するにはお金が必要だった。武装や武器を調達するためには、少なくない金額がかかった。アメディ頼みだった。

二〇一四年九月以後、アメディは高級車ばかりを購入し、転売し、現金に換えた。あの事件のあと、この「錬金術」が話題になった。ボルドーにあるＢＭＷのディーラーは、二人のことをよく記憶していた。ちょっといないタイプだったから、という。「アフリカンの男のほうは、ジーンズにシャツのラフなスタイルのうえに、革のジャケットを合わせていた。まったく西洋風の恰好。宗教的な感じはしなかった。どんな階層の人間かもわからない感じ。女のほうは、華奢《きやしや》なマグレブの女で、黒いジェラバを着込み、頭には黒と灰色の二枚のスカーフを巻いていた。キャスターつきのスーツケースをひいていた。靴はヒールのないタイプ。手にも首にも宝飾品はなかった。媚《こ》びる感じもしなければ、女性的な印象もナシ。肌がやけに白かったな。とても肌が白かった。太陽に灼《や》かれたことのない人間の肌だったなあ」[1]。

　オースティン・ミニを二人に売ったというディーラーはこう証言している。「ハイアという女性名で予約していました。パリからやってきて、オースティン・ミニを購入するということでした。ええ、カード払いでした。二万七〇〇〇ユーロ。一つだけ鮮明に記憶に残っているのは、値段の交渉があまり得意ではないらしく、電話で話したときの声が、弱気で脆《もろ》い印象だったことです。男の存在感はまるでありませんでした。彼女のほうはとても控えめでしたが、決然とした雰囲気を持っていました。運転して車の説明をするときにも、女性だけが乗り込んできて、黒人の男性のほうは車の外にいて、関心ないみたいでした」[2]。

　二〇一四年十一月終わりに、ハイアとアメディは突然、俺たちの暮らす部屋を訪ねてきた。二人はメッカの巡礼地を一カ月かけて訪れたあと、その足で、俺たちのアパルトマンに立ち寄ってくれた。土産《みやげ》は、ナツメヤシ、聖水、香水、イッザナのために化粧品。アメディはいつものように通りに立ったままで、決して部屋まで入ってこない。家から外に出て行ったのは俺のほうだった。ハグ。ハイアとイッザナも。二組のカップルはそれぞれ身に起こったことをあれこれと話した。本当に束の間の、幸せな時間——。

＊

＊

『光の兵士たち』抄 3

夫の出発

夫のアブデサタールとの出会い。本当の愛の物語。ジャーナリストたちは、「形だけの結婚」と呼んだけれど(私との結婚によって彼はベルギー国籍を取得したから)。アブデサタールは天使のような外見で、しかも理想主義者だった。正義に熱中し、正しいと思うことを進んで引き受けた。ムスリムが抑圧されているとわかれば、静かな日常を送れない人だった。嘘から力を得るような蒙昧《もうまい》な連中によってイスラム教とアラーの言葉が汚されるのを見て、彼は苦しんだ。冷淡なムスリムやイマムが積極的に参加しないことに彼は落胆した。彼らは政治的分析もできず、干乾《ひから》びた言葉を繰り返すだけだった。固い決心の果てに本当にジハドを行えば、それこそが真実、アラーの道での闘争であり、抑圧された人々への返事。彼はそう考えた。

ラマダンの月だった。私は奇妙な夢をみた。心を満たす充足感があり、ずっとそこにいたいような、そんな夢。私と夫は山岳地帯にいた。ある山の中で、戦闘中だった。十人くらいのムジャヒード〔イスラム教のために闘う兵士〕がいて、夫と私は、私たちの部屋と思われる豪華で大きな空間に入り、贅沢《ぜいたく》な浴室を見つけたところで目が覚めた。まだ真っ暗だった。アブデサタールに話したら、アラーの神が妻に素晴らしい夢をくださったのだ、と大喜びした。静かな口調で、それが当然であるかのように「僕たちがこれから向かうのはそこだ！」と言った。アフガニスタンが山岳国家だということは知っていた。彼はもう決心していた。

夫はすぐに電話をかけると約束して出発した。五日が経過した。その間、私は彼からの知らせを何も受け取っていない。五日が一世紀にも思えた。周りの人々はなんの役にも立たなかった。アブデサタールは結婚して私と十三カ月を過ごした。その間、彼は私にたっぷりと愛情を注いでくれた。私たちは絶えず未来を作ろうとしていた。私を忘れることなんてできる？　彼は完璧な人。狂信とは逆の人。電話が鳴った。受話器に飛びついた。「どこにいるの？」。彼の優しい声が聞こえた。幸せだった。夫は五月十八日にロンドンに着くと、移民局によって身柄を拘束された。パスポートの期限がほぼ切れていたため。五日間、監視下に置かれ、亡命センターへ連行され、解放となった……。これが全部本当かどうかは不明。縺《もつ》れた糸を解きほぐすのは私の役目じゃない。じっさい夫は、私にさえ秘密の顔を持っていた。活動が国際的な政治的緊張関係の中にあったことを考えれば理解できる。彼の属するグループや計画を危険にさらさないために、堅く口を閉ざしていた。彼にテロの準備の気配を感じたことはないし、そこは夫に感謝している。秘密の重さを胸にしまってくれた。でも夢と現実の間には大きな溝があった！彼を失うかもしれないという不安が、私の中で大きくなった。もし彼が北部同盟のリーダーを殺したとしても、それは個人的な復讐ではない。スンナを学び、預言者の行動を研究して獲得したコーランの精神に照らしたうえで、人間的感情を捨てた結果なんだと思う。

　生命は、それを与えてくれた「存在」、つまりアラーの神のもの。人間であれ獣であれ、かりに無意味な存在であっても、イスラム教では神に定められた責任を果たすため行動をする。そう考えると、信仰に篤《あつ》く善意の人である私の夫を、好戦的なエゴイストとして、感情に支配された盲従的なテロリストとして非難できるかしら？　アブデサタールのアフガニスタンでの行動を分析すればどちらが正しいかよくわかる。

夫が出発して三カ月が過ぎたある夜、電話がしつこく鳴り続けた。私は彼が話したがっているのがわかった。電話に出た。本当に私と話をしたがっていた。声の調子から出発が迫っていること、この三カ月の間のように話ができなくなることがわかった。でもそんなことを彼が言うはずがなかった。不安が私を満たした。二〇〇〇年八月。とても動揺していた。「電話を切ってくれ」、彼はそう言った。私の心の揺れがわかったんだと思う。彼は生贄《いけにえ》だった。パキスタンに行くと言った。私は泣いた。彼のために沢山の祈りの言葉を捧げた。彼は出発しパキスタン到着後、すぐ電話をかけてきた。それから五日後また電話。「やったぞ、俺はアフガニスタンにいる！　ここまで来るのに五日かかった」。「そっちはどんなふう？」と私。「装飾品がヨーロッパとは全然違うかな。自分で確かめてみたらいいよ」、夫はそれだけ言った。電話料金が高かったから。一分間に一〇〇ベルギー・フランも！　結論は何もなかった。彼を信用していた。もし事態が長引けば、最終手段に出るつもりだった。「インターネットを見てくれ、もし俺が死者たちの列に加わっていたら、君はきっと俺を見つけるだろう」。沈黙。何を言えばいいの？　それが兵士？　でも、わが神よ、夫の不在に耐えることは何とつらいことでしょう！　私は神の御許《みもと》に逃げ込み、何度も祈りを捧げた。

私の出発

夫に合流するために私も出発を決意した。私は強い人間じゃない。葛藤《かっとう》を抱えて九カ月の間、見知らぬ環境へと飛び込むことを躊躇《ためら》ったのは、娘を置き去りにする母親としての罪悪感に苦しめられていたから。でも出発の準備をしているのも、私！　夫を追いかけていくだけの理由があるのかしら？　妻としての義務？　夫を一人で出発させたのには卑怯だった。いろんな計画を二人で練り上げ、理想を現実にしたいと願っていたのに……。私たちは、それを未来志向のヴィジョンと呼んでいた。そこはアラーの法が平穏に支配しているイスラムの世界。なぜ私は夫のもとへ行きたいのかしら？　夫のためだけではなく、私自身のためでもある。ロシア人たちが残していった、小さな孤児たちに救いの手を差し伸べるため。アメリカ人は孤児を出国禁止処分にした。見殺し。私自身の眼で真実を確かめたかった。ムスリム共同体に西洋の事実を伝えたかった。もちろん、私に世界を変える力がないことはわかっていた。でも無関心な人々に対して「ノン！」を突きつけたかった。私の夢は、かの地から西欧に戻ってきて、不正義に証言をぶつけること。孤児たちのために必要な資金を持ちかえること。パキスタン行きの飛行機に乗るのは、今度は私の番。

二〇〇一年一月二十九日。イスラマバードに到着。一人の「兄弟」から声をかけられる。「マリカよ、安らかなれ」〔ムスリムの挨拶の言葉〕。「はい」と返事をした。私をアフガニスタンまで連れてくるよう夫に命じられた二人組だった。ちらりと二人を見る。生粋《きっすい》のアフガニスタン人！　一人が夫からの手紙を差し出した。「兄弟たちの言うことをよく聞いてくれ！　信頼できるやつらだから……じゃ水曜日に！　愛してる、アブー・オベイダ」。手紙にはそう記してあった。車に数時間乗った後、降ろされた。そこにはアフガニスタンの家族と、大文字の《貧困》があった。貧困が私を引《ひ》っ叩《ぱた》いた。二十世紀の西洋人の女の想像力を超えていた。私と同じくらいの年齢の女性が目の前にいたが、貧困が時とともに彼女を蝕《むしば》んでいた。私はトイレに行きたくなった。中庭として使われていた場所の片隅にトイレがあった。スーツケースから真新しい靴を取り出した。いま履けば汚してしまうかもと思ったけれど、泥に足を突っ込んで汚れるほうが厭だった……人々の驚いたような視線が気づまりだった……女性は裸足《はだし》で歩いていたから……冬でも！

あとになってわかったことだけれど、私は嫌われていた。吐き気がする！　アフガンの兄弟たちは、明け方に私のところへやってきて、アフガンの女性たちがかぶっている、あの有名な「ブルカ」を手渡した。私は断ったが人々は執拗《しつよう》だった。夫の手紙を思い出した。「兄弟たちの言うことを聞いてくれ」。私は心の中で繰り返した。「あなたが言うなら、それをかぶるくらい何でもないわ」。山岳地帯に入った。朝の六時から十三時までぶっ通しに歩いた。パノラマは素晴らしかった。アブデサタールがすぐそばにいて欲しいと心から願った。アラーの神を思わせる巨大な山々を一緒に見たかったから。でも、どうして夫が私に会いに来ないのか不思議で仕方なかった。私がジャララバードに着いたとき、夫は自宅の前で私を待っていた。彼はブルカをかぶった私にすぐに気づいた。感動的な懐かしい笑み。私も自然に笑っていた。人の目に触れる抱擁《ほうよう》が厭なわけじゃない。ただ、よいムスリムは魂の状態を人目にさらしたりはしない。私たちは家の中に逃げ込んで、長いこと離れ離れになっていた感情を解き放った……！　人々はこの再会劇を尊重してくれた。三日間、食べ物を運んでくる以外、邪魔する者はいなかった。そのあと、アブデサタールは、私の祖国になるかもしれない周りの状況を教え、経済状態や社会情勢を無理やり解説した……。私たちは、自力で立ち上がろうとするこの国のムスリムの民衆を救うためにやってきたんじゃないの？　アブデサタールはとても現実的な感覚の持ち主。何事もこれが最後かもしれないという意識で暮らしていた。「アメリカ人を震え上がらせるにはここまでやらなくちゃ。やつらはウサギを殺すみたいに俺たちを殺そうとする。武器の扱い方を教えよう。到るところにスパイがいるし、マスードの兵士〔マリカたちが敵対する北部同盟の戦士たち〕は、ここから三〇〇メートルしか離れていない。もし俺がいない間に、家に入ろうとする奴がいればトリガーを引け。脚なんか狙うな。殺されるまで撃ち続けるんだ。生きて捕まったりしないで欲しい。わかるか？」。怖かった。そんな危険、わかるはずなかった。でも結局、私は武器の訓練を受けた。携帯することは頑《かたく》なに拒否したけれど、マスードの兵士のことを知るにつけ、恐怖から逃げられなくなった。アフガニスタンでの六カ月の時間が、夫を憎悪に駆り立てていた。彼は自分の映画の中に入り込んでいた。その映画の中で、アメリカがアフガニスタンでずっとやってきたことを目撃した。私は見たものを受け入れなかった。辛《つら》すぎるから。でも最後は、ヨーロッパでの暮らしとは逆の、貧相な生活に自分を適応させていくしかなかった。

夫の死、戦争の恐怖

九月十二日まで、鬱々《うつうつ》として過ごした。近所のスウェーデン人家族を訪ねようと家を出た。彼らは、私が完璧に理解できるモロッコ訛《なま》りで話した。途中、一人のパキスタン人女性とすれ違った。彼女は私にアラブの言葉で挨拶し、話しかけてきた。幾つか単語を聞き取れるだけ。でも、その単語は私の心臓を飛び上がらせるものだった。もどかしかった。まっすぐにモスクへ向かった。夫が信頼を寄せる兄弟が、私がやってくるのを見て、モスクから出てきた。彼に「アブデサタールの身に何が起こったの？　ある女が彼は死んだと言った。私にはうまく理解できないんだけれど……」と話した。彼は頭を下げた。初めてのことだった。彼の丁重な態度は重かった。重すぎた。知りたいのは私の夫の命だった。敬意を込めた仕方で、彼は私に家に戻るように言い、路上では口を慎むよう諭した。私が帰宅した数分後に彼が家のドアを叩き、夫の死を告げて、泣いた。

「ああ、本当だ。アブデサタールは死んだんだ」。二人とも泣いていた。二人の間にドアなんかなかった。彼の腕の中に倒れてしまうんじゃないかと思った。私を慰めようとして彼は長い間、一緒に居てくれた。しばらくして、彼のほうが泣き止んだので、夫の死の状況について説明してくれた。他の兄弟たちがシルヴィを捜しに行ってくれた。シルヴィはフランス人女性で、私の周りでフランス語を話す数少ない人。兄弟は彼女に「いま、彼女は夫の死を知ったので、一人にしておけない」と言伝《ことづ》てした。少し前にみんなが夫の死を知った。私には何も言わないよう厳命されていた。夫自身がカセットテープに肉声を録音していたからだ。録音の中で、アブデサタールが自分の死について語っている。他人が自分の死を私に伝えることを望んでいなかった。路上で私にお悔やみを述べた女性は間違いを犯した。男たちは皆、自分の妻に、私には何も言わないよう伝えていたからだ。太陽が傾く頃、シルヴィがやってきた。ドアを開けるや、彼女は私を抱きすくめた。彼女も泣いていた。でもすぐに「私たちはアラーの神に属しています、主のもとへ帰りましょう」と言った。私は彼女をじっと見つめ、「マグレブの祈りを捧げたい。祈りましょう。冷静になりたいの」と言った。祈りながら私はたくさん泣くつもりだった。アラーが、この新たな試練においても私を助けてくださるよう、呼びかけようと考えた。ありがとうございます、わが神よ。夫の死の知らせという衝撃にあっても、私を支えてくださることに感謝します。苦しみが私の存在の一番奥まで届いた。私がアブデサタールに抱いていた愛情から考えれば、当然の苦しみだった。私は、深い哀しみに沈んだ。兄弟たちがアメリカ人との戦争の恐ろしさを語りにきたとき、その瞬間、世界中のすべての爆弾が私の頭上に降り注げばいいとさえ思った。それがそんなに重要なこと？　でも彼らの言う通りにした。悲しみに沈み込まぬよう、兄弟は私を一人にしなかった。アフガンの人々がマスードの死を祝い、何十人という女性が、私の夫がやったこと「マスードへの自爆テロ」を称賛しにやってきたことは皮肉だった。私は痛ましく喪に服した。彼らの喜びが理解できなかった。

最初の夜、私は目を閉じることさえできなかった。シルヴィは私の傍《かたわ》らで眠った。彼女と彼女の子どもたちを、明け方まで見守っていた。太陽が昇ると人々は祈りのために起き出した。夫が私のことを託した兄弟がやってきた。体調はどうか、と尋ねた。もちろん哀しみの中にいるわ、と答えた。「家に帰りたい」と言った。彼らはジャララバードに戻りたいのだと解したようで、「いや、他の女性たちと一緒にいるんだ。一人でいるべきではない。付き添いが必要だ」と答えた。私は正確に言った。「ブリュッセルに戻りたい。アブデサタールがいなくなったいま、アフガニスタンに留まることはできない。いま、私には家族がいない。私には彼がすべてだった」。兄弟は繰り返した。「いや、あなたはヨーロッパには戻れない。あなたの夫もそれを望んでいなかった。落ち着いて。数日すれば、彼が録音したカセットテープが届くはずだから」。「わかった。カセットを待つことにする。でも、その間にも、ベルギーへの私の帰還を準備して。意志に反してここに留まるなんて、アブデサタールがいなければあり得ない」。私は繰り返した。兄弟はできるだけ優しく言った。「時間をかけてよく考えて。少なくとも一カ月。あなたの夫が残したカセットを聴いて。そうすればおそらくあなたの意見は変わるはず」。

　私は庭の奥に引きこもった。人が多すぎた。一人になって、ベルギーに戻るつもりだった。私をアフガニスタンへ駆り立てた理由は、失われた。本当に、本当に、私の夫はもうそこにはいなかったのだから。だがここにいる理由は私自身のためなのだと納得する必要があった。アブデサタールと練っていた計画がまだ中途で、彼抜きで計画を続行しようと考えた。でも彼なしで生きるのはつらい。外に出た。道々、アフガンの人々が肩に衣類の包みを載せているのを見掛けた。映画かテレビを観ているみたいだった。彼らは映画から抜け出てきたのか？　もしかして映画の中に入ってしまったのは私のほう？　すべて私の頭の中の出来事？　それからは私は部屋の中に閉《と》じ籠《こ》もりつづけていた。兄弟たちは私を放っておいてくれた。しかし私はひとたび決断すれば、他の人の説得に耳を貸すような人間じゃない。夫の友人は私の様子を見に毎朝立ち寄った。ある朝、私は決意して彼に言った。「ジャララバードの家に戻りたいの。荷物の残りを取ってこなくちゃ。本の一冊もない。ここに残ることに決めた。アブデサタールなしで続けることに決めた。車が欲しい。このあたりでは入手しにくいものもあるから」。

　私は、夫の遺《のこ》したカセットを手に入れた。最後の「また会おう」と「愛してる」。その声が彼の行動を説明してくれると思った。でもそうじゃなかった。彼の内心は語られていなかった。私は消去した。そうすることで記憶の中の夫の言葉を守ろうと思った。だからテープの言葉を消した。あなた〔読者〕に言えることは、夫は私にカセットテープを通じて、最後の最後まで愛を贈り続けてくれたということ。あの男は夫として私を満たしてくれたこと、私はずっと彼を愛し続けるだろうということ！　永遠に！

　それから兄弟が一通の封書を私に手渡した。「これはウサマ・ビン・ラディンからあなたに。五〇〇ドルある。すべてを受け取ったという手紙を書いてほしい。でも急いではいない。数日経ったら受け取りに来るから」。私は謝意を述べたが、なぜウサマ・ビン・ラディンから封筒が送られたのか、わからなかった。どうでもよかった。夫の声を聴いて素早く立ち上がると、私は用意した旅行鞄を持ち、再び部屋に籠もった。例の封筒は捨てた。あなたがたの多くは私の行動を理解できないだろう。でも、私にとって重要なのは、私の大切なアブデサタールが私に最後に言ってくれたことに尽きる。ウサマの仲間になりきった私なんて、まったく現実感がなかった。

戦争

二〇〇一年十月五日になった。昨日のことのように覚えている。兄弟は私にとても優しくしてくれた。私が快適に過ごせるよう心を配ってくれた。要求しないのにテレビやビデオを持ってきた。

そのころ、私はラジオでニュースを聴き、コーランを暗唱し、夫のことを考え、私たちの結婚式の写真を眺め、夜はベルギーでの出来事を懐古的に思い出して過ごし、友だちや親族のことを想像した。彼らはきっとテレビから情報を入手しては心配しているだろう。そのとき、大きなボン！　という音がして、私は部屋の反対側までふっ飛ばされた。忘れられない大きな音……。壁が崩れてくるんじゃないか、と咄嗟《とっさ》に思った。大地が足元で震えた。あまり激しく揺れたので膝《ひざ》同士がぶつかった。大きな衝撃にもかかわらず、最初に考えたのは、「祈り」のことだった。私はまだアラブの言葉で祈りを唱えたことがなかった。祈りなしで死んでしまうのが怖かった。それだけは厭だった。私は落ち着いて、アラーについて考え、心のなかで祈りを捧げた。直後、二度目の爆発音が響き渡った。私たちのいる場所から八キロのところに落ちた。爆音は大きかったけれど、私が祈りを唱えている間、なんの支障もなかった。私は平然と神のもとへ向かう準備ができたのだ！　兄弟たちがやってきて、私のバッグを持ち、車へ連れていった。サーチライトがあたりを照らしていて、おかげで彼らを見分けることができた。声もよく聞こえた。武器と弾倉を彼らが担いでいるのが見えた。本物のムジャヒードに囲まれていた。大地の光。私が彼らをそう呼ぶのは、彼らの顔に光が当たっていたから。怖かった。でも同時にとても興奮していた。私は、私は、うまく説明できない……。彼ら、兵士たちの中にいると、私はとても《よかった》。兵士たちはこの世界を牛耳《ぎゅうじ》る大物たちに立ち向かっていて、地球全域に恐怖をばら撒《ま》いてそいつらを怖がらせたいと思っていた。兵士たちは「ノン」と言えたのだ。彼らは、死ぬか、勝利するか、最後の最後まで闘う準備ができていた。アラーの神よ！　なんという幸運！　なんという贈物でしょう！　私にあの雰囲気を味わわせてくれるなんて……モハメッドの時代に戻ったみたい。爆弾は近くに落ちたけれど、彼らは私が快適に過ごせているかを気にしていた。マットレスやベッドカヴァー、食料を持って私を移動させた。新しい家には三十人の人間がいて、パレスチナからやってきたという家族とも出会った。一家と会話したいと思ったけれど、私はアラブ語がわからなかった。庭は広く、男たちはそこを拠点にしていた。空気をたっぷり吸えるのはありがたかったし、太陽は素晴らしかった。手紙を書いた。素敵な庭に自由に立ち入ることを許してくれる人々に向けて。私には気休めになったし、ブルカを脱ぐことも許してくれた。知らない女性たちは、私の要求に驚いた。兄弟たちは私の手紙を読んで、作業に取り掛かった。庭を縦横に仕切る壁を作った。かくて壁の内側で、太陽の光を存分に浴びて私は日焼けすることができた。一日中、イスラムのヴェールもなしに……。

遠くで爆発音がしても、初めのように震えなくなった。恐怖を感じなくなるのは奇妙だった。神に強く助けを求めるため、空に手を伸ばした。神は被造物の求めを棄却なさらない。爆弾の音を聞きながら一週間が過ぎた。そのたびに熱心に神のことを想った。

神がより近く感じられた。子どもたちには、これが戦争だと教え、今日死ぬかもしれないと説明した。彼らは恐怖にかられ、泣き出した。ラッキーなことに爆撃が始まるのは夜で、子どもたちはみんな寝ていた。ムッシュ・ブッシュ！ 子どもたちが寝つくまで爆撃を待ってくれるなんて、なんて親切なの！ ある若いアフガンの女性は、アメリカ人もロシア人も大嫌いだと言った。わかる気がした。彼女は二十歳で、ロシアの侵攻とアメリカの爆撃の間に成長したのだ。あなたがたも、彼女が感じていることを想像してみて。戦争で父親を殺されたけれど、もちろんそんな人は彼女だけではない。アメリカ人たちが四千人から八千人もの無辜《むこ》の犠牲者の頭上に何百万発という爆弾を降らせた後、どうして平常心でいられるのか、私にはわからなかった。犠牲者の中には、妊娠した女性や子どもやお年寄りが含まれていた。やつらの犯したおぞましい罪のすべては、テロリズムではないのか？ インシャラー。やつらは自分たち以外の、世界の残りの人々はバカだと本気で思っている！ 爆弾は私たちの仕事の邪魔ではなくなった。覚悟はできていた。料理したり掃除したり洗濯したりする日常を続けて、ブッシュの爆弾の下で最高の夜を過ごすことに決めていた。

夜、大きな爆撃で目が覚めても、「いまじゃないでしょ、ブッシュ！ 私を眠らせなさいよ！」と怒鳴った。全能のアラーによって、我が兄弟や姉妹は守られていた。翌朝の朝食のとき、「昨夜の爆撃、聞こえた？」と訊いたら、兄弟たちは「あ、そう？　何も聞こえなかったよ」と答え、姉妹たちは「深く寝ていたから聞こえなかった」と言った。これは何を意味している？　アラーの神がその赦《ゆる》しによって、私たちに猶予を与えてくださっていた。私たちはストレスを感じないで済むようになっていた。でもすべては回復不能なほど破壊され、人間は動物よりもひどい存在になり果てていた！

マスードの兵士による自宅攻撃

爆撃は怖くなかった。私の人生でもっとも大きな恐怖を感じたのは、マスードの兵士が家の前まで攻撃してきたとき。

二〇〇一年十一月十三日、正午。シルヴィとシャイマと一緒にいた。シャイマは妊娠六カ月のアフガン女性。一歳半になる子どももいた。チュニジア人の二人の兄弟も一緒に、家に向かって車を走らせていた。ラジオでは、政府がマスードの兵士に対して、ジャララバードの門を開放したと言っていた。私たちはもう身の安全を確保できなくなっていた。悪い予感。でも周りの人々には何も言わなかった。姉妹たちと別れるのは、家に戻ってからにしようと思っていた。私の問いはいつも同じ。「でもどうして、私たちってここにいるのかしら？　危険すぎる。早く立ち去らなくちゃ」。ある姉妹が言った。「夫たちはあなたの身の安全をとても心配している。北部同盟はあなたの夫を調べ、妻がジャララバードにいることを突き止めた。あなたの身の安全が確保できる場所を探している。もしマスードの兵士があなたに手をかけたら復讐しようと思う」。正直に言うと、このとき初めて私は本当に怖くなった。突然、私は私でなくなった。他人に同情し自分の欲求を犠牲にしようとする勇敢なマリカは、もういなかった。私が望むのは、このバカどもの国から遠く離れた場所にできるだけ早く行くこと。男たちは私の気を鎮めようとした。他の兄弟たちがもうすぐ到着する予定だとか、一緒に行くから心配するなとか言った。シルヴィと私はコーヒーを淹《い》れるために湯を沸かした。カップに注ごうとした瞬間、爆発音が聞こえた。カラシニコフの銃撃が聞こえて、窓ガラスが割れた。攻撃されていた。兄弟たちはすぐに応戦した。ムアが傷を負い血が飛び散った。シルヴィは三歳になる娘を腕に抱えて叫んだ。「子どもたち……、子どもたちをやつらは殺しに来た！」。私も家の前に飛び出した。弾丸が耳をかすめた。リビアの兄弟が使ったバズーカの轟音が二階から聞こえた。手榴弾《しゅりゅうだん》がもの凄い音をたてた。私は表にいた男の子たちが着ているチュニックの襟をつかんで全力で引きずって戻った。兄弟たちは敵の弾をかいくぐって、子どもたちを家の中に匿《かくま》った。今度は、私が彼らを強く抱きしめた。子どもたちは憤《いきどお》ったが手を離すわけにはいかなかった。叫ぶのは私の番だった。「あなたたちを離すわけにはいかない。殺される。相手はマスードの兵士。一緒にいて」。彼らの母親は血を流しながら、私に叫んだ。「マリカ、子どもたちの手を離さないで。決して……お願いだから！」。私はすぐに返した。「じゃ、走って！ どうしたっていうの？助かってちょうだい！ 子どもたちは私に任せて！」。男たちは連射し続けていた。「壁を跳び越えて、ジャンプして！ 安全なところへ行くのよ。あとで会いましょう。このままここにいるのは危険すぎる」。私は姉妹たちに声をかけた。二人が妊娠していた。しかも腕には小さな子どもも抱えていた。「早く、子どもたちを私に渡して！」。どこから力が湧いてくるのかわからない。

もう一度私は家の中に戻った。這いつくばったままブルカを着た。攻撃を受けた時、パンツとTシャツしか着ていなかった。走った。チュニジア人の兄弟が壁の上で私を待っていた。「急いで、オウム・オベイダ。あなたしかもう残っていない！」。背中に一発くらった。終わったと思った。これから神の導きによりアブデサタールに再会するんだ、と漠然と思った。望むところだ。このとき私は兄弟の傍らにいた。彼はアフガニスタンで夫の最も親しい友人だった人。瞬間、私たちは見つめ合った……長い沈黙……彼の瞳には愛情が溢れていた。大切なのは、マスードの兵士に、生きている私たちに指一本触れさせないこと。彼は私に「跳べる？」と訊く。一緒に跳んで、泥の中に落ちた。足首まで埋まるほどの汚泥だった。ああ、私のきれいな靴が！　あんなに素敵だったのに！　私たちは走った。背後で、兄弟たちは闘い続けていた。彼らのおかげで、私たちはできるだけ遠くまで逃げられた。

北部同盟に捕縛される

野を横切って逃げた。マスードの兵士に見つからないようにブルカを着ていた。だが、バスに乗るため路上に出た瞬間、見つかってしまった。子どもたちの髪は金髪で、眼は緑だったから。一目でアフガニスタン人ではないと見抜かれた。チュニジアの兄弟なら気づかないようなことも、マスードの兵士には通じなかった。子どもたちの命を助けてくれるよう懇願《こんがん》した。だが無駄だった。

兵士たちは、子どもをゴミ箱に捨てよと命令した。母親に、どうしてこんな小さな女の子にかかりっきりになるのか理解できない、と言い放った。なんの役にも立たないし、食べ物を与えなくちゃならないじゃないか、とも。いま私にはわかる。アフガンの女たちが、あんな粗野《そや》な男どもよりアラブの男たちと結婚したがった理由が。彼らは女性(特に少女)に何の重要性も認めていない。私たちは武装した三十人ほどの男に見張られていた。か弱い女性が、扉が開いていたからといって、いったい何ができるというのか？　でも目の前の男たちの、ある兵士が、ごく目立たない仕方で手紙をくれた。幾重《いくえ》にも折りたたまれた手紙には、「私たちはあなたがたがどこにいるか、正確に知っています。いまは耐えてください。すぐに解放するつもりです。これはアラーの神からの試練なのです。あなたがた四人全員で、互いに支え合い、勇気を持って！」と書かれていた。私は手紙の主を知らなかったが、私たちを助けるために彼らは危険を冒《おか》そうとしていた。シルヴィと私は、受け取ったメッセージを他の姉妹たちに伝えた。急いで処分した。いつか役立つのではと思い、隠して身につけていたマッチで手紙を燃やした。映画で観たみたいに手紙を食べることはできなかった。絶食していたから。神に許されたとしても、断食を途中でやめたくなかった。監視の者は怖れていた。恐ろしいアラブ人が私たちを捜していると知っていた。

捕らえられている間、最もつらかったのは、清潔さがまったくなかったこと。みんなの糞尿がある場所から少しの距離のところで生活しなければならず、誰かが用を足すと、臭いが喉《のど》のいちばん奥にまで突き刺すように入り込んできた。私の中に臭いの記憶が沁《し》み込んだ。人々は想像を絶するほど汚れていた。太陽が沈んで夜が明ける前まで、私はグラス一杯の水しか飲まなかった。自分の身体を洗えないことが大きな苦痛だった。泣きながら神に祈った。Tシャツの中に頭を潜り込ませて、「主よ、全能なる神よ、この汚れから私を救いたまえ。もう耐えられない、主よ、私をお救いください」。

私は中庭の地面に座っていた。男たちが出たり入ったりを繰り返した。子どもたちは一緒に遊んだ。アフガンの子たちもいれば、私たちの子どももいた。あるとき、一人の男が子どもたちに近づいた。ある子どもの髪に彼は自分の手をゆっくりとすべらせた。私は吃驚した。マスードの兵士たちが誰もしない、愛情に溢れた行為！　彼の顔を知っていた。ゆっくりと彼に近づいた。空港に私を迎えに来てくれた男だった。私はブルカを着ていなかった。頭に簡単なスカーフを巻いていただけ。私の不安を彼は感じ取って、アラブの言葉で早口でこう言った。「私はあなたの夫の友だちです。明日のために準備を。エル・ファジルを発《た》ちます。兄弟たちと私が、あなたがたを力ずくで解放します。神の道に。死はすぐ近くにあるでしょう。神の名においてそれはジハドです。アラーを想起してください。マスードの兵士たちを神は赦さないでしょう。姉妹にそう伝えてください」。心臓がドキドキした。アラーが私たちに救いの手を差し伸べてくださる。この男性こそ私の夫が危険な使命を託した人。彼が私を安全な場所へと連れて行ってくれる。アブデサタールがアフガンの兄弟に託した思いが甦《よみがえ》った。私もまた彼が好きだった。私は彼にアナスと名前をつけた。急いで姉妹たちのところへ行った。「明日、明け方、あなたがた全員の《アムー》(叔父)が山を下りて、私たちを自由にしてくれる。傍《そば》から離れないで。私はあなたがたのおちびちゃんの世話で手一杯。だから言うとおりにして。走れと言われたら走って」。

光の兵士による解放

朝早く、アナスがやってきた。「早く、急いで」。扉が開く。外へ出て驚いた。武装した男たちの闘い。右でも左でもターバンを巻いた髭《ひげ》の男たちが闘っており、その中の何人かは子どもを抱えていた。トラックの中に子どもたちを放り込むと、私たちも躊躇なく荷台に飛び乗った。運転手は凄い速さで車を出した。振り返ると、アナスが走ってくるのが見える。そして車にぶらさがった！　アラーの神が扉を開けにやってきてくださった！　少し離れたところで一台の車が私たちを待っていた。全員がその車に乗り込んだ。光り輝くような顔をした男が乗っていて、少し微笑んでいた。彼は私たちにアラブの言葉で話しかけた。「わが姉妹たち、怖れることはない。私たちはあなたがたのイスラムの兄弟。あなたがたは解放された。明日以後、アフガニスタンを離れる。今日は山の中で一晩過ごすが、他の兄弟が随行してくれるはずだ！」。さらに離れたところで、別の男たちが私たちを待っていて、様々な貯蔵袋を手渡した。飲み物も食べ物も豊富にあった。大量の肉、牛乳、缶詰、ビスケット、フルーツ・ジュース、おむつまで!!!　アラーの神が私たちのところにまで慈悲の心を広げてくださった。アメリカ人への勝利をもたらしてくださったのだ。一時間ほど走ったところで、車は山岳地帯に入った。降りて歩かなくてはならなかった。兵士たちが荷物を持った。わが「テロリストたち」は心優しかったので、小さな子を身ごもっているママの荷物をすべて負った。山を登る間、子どもたちを愉《たの》しませる彼らのやり方を私はじっと見ていた。涙が流れた……。いま思い返しても、私が彼らに感じていた愛情は奇妙なものだった！　さらに奥に進むといくつか洞窟があった。まるで本物のアリ・ババの隠れ家みたい！　マットレスも、毛布も、石油ランプも、ガスも使えた。私たちは歓待され、男も女も子どもたちも笑っていた。腕を大きく広げ、私たちを待っていてくれた。到着したのは日没の一時間ほど前だった。最初にしたことは大地に額をつけて祈ること。唯一の神が私たちを解放してくれたことを感謝するために。洞窟は本当に贅沢だった。マスードの兵士たちによって遺棄され閉じ込められていた穴倉に比べれば、ずっと清潔でよく手入れされていた。トイレも人々の視線から遠いところにあって清潔だった。手桶《ておけ》に入った水がいつも用意されていた。あたりは素晴らしい眺めだった。太陽は沈みかけると風景を素晴らしい色彩に染め上げた。写真を撮りたいと思ったくらい。断食を終えて、私たちは体調を回復しようと努めた。一人、私を知っている兵士がいた。買ってきた物を箱から取り出しているとき、姉妹たちは言った。「見て！　オウム・オベイダ、兄弟たちはあなたのことをよく知っている。あなたにネスカフェを買ってきてくれた！」。私は感動した。戦争が始まってからネスカフェの値段は三倍にも膨れ上がっていたから。彼らは私の嗜好《しこう》を覚えていた。

喉が渇いた。涙がこみあげるのがわかった。そのときの私は他人に心を許していた。彼らが準備したものを食べた。スープ、野菜添えの巨大な肉料理、フルーツ！

翌日、明け方の祈りの後、男たちが到着した。彼らのもたらした情報は私にとってつらく苦しいものだった。叫びたかった……どうして？　……でも、どうして？　私たちが逃げ延びたあと、アラブ人たちはマスードの兵士たちを逆襲した。仕返しをするために。私は、でもどうして？　と尋ねた。シャイマが彼らの言葉を通訳してくれた。「戦争は男たちの間で起こり、卑怯者はいつも女たちや子どもたちを虐《しいた》げる。あなたのアラブの兄弟たちと私たちはそれを認めない。女たちや子どもたちのためにも闘って死ぬほうがマシだった。不幸にして、私たちのうちの三人が捕まってしまった。彼らはアメリカ人に五〇〇〇ドルで売り渡されることになった」、そう語った。

この、悲しい知らせを受け取った後も、私たちは旅をつづけた。山を降り、途中で仲間と合流し、パキスタンまで運んでくれる乗物に乗った。子どもたちには、捕まってもただの一語でさえアラブの言葉を発してはならないと言い含めていた。子どもたちが母親のことを「オウミ」とアラブの言葉で呼んでしまうせいで、戦闘に突っ込んでしまうリスクに晒《さら》されていた。ところが移動の間ずっと子どもたちは眠っていた。全能の神のおかげ！

パキスタンは北部同盟が支配していた。でも私たちには経験豊かな兵士たちが帯同したので心配なかった。神が旅に随行してくれていた！　子どもたちを眠らせ、私たちを見張り、死をも怖れない崇高《すうこう》な兵士たちを私たちの許《もと》へ届けてくださったのは神だった！　私は祈りの言葉を暗唱していた。やがて私たちが離れ離れになる瞬間が訪れた。兄弟は私がヨーロッパに戻ることを嫌がり、新しい身分を手に入れて姿を消すことを提案していた。「その提案を受け入れなければならないの？」。不安を隠さず、彼らの一人が答えた。「いいえ義務ではありません。でも、あなたは多くの証言や真実を知っているので、ベルギーの関係機関が放置するはずはありません。きっと彼らは敵対します。あなたはこれまで私たちと暮らしてきました。これからも、私たちが選ぶ国で安全に暮らしてほしい。新しい家も持てるし、物質的な必要にも応じます。心配いりません……わが姉妹よ……私たちにまかせて欲しい。彼らは私たちをテロリストと呼びます。あなたを私たちと同類だと判断するでしょう。ヨーロッパにもマスードの兵士はいます。あなたの身の安全は確保できないと欧州のムスリムたちは言ってきました」。今度は涙を流すわけにはいかなかった。「私の見る限り、あなたがたはテロリストではない。私もテロリストではない。神が私たちを守ってくださる場合を除いて、誰であれ私たちは人を攻撃する力を持てないのだから……。私はヨーロッパに戻るつもり。信じて欲しい。誰も私の話の邪魔なんかできない。もしそんなことがあれば私を殺して。この道を歩いているかぎり死は怖くない。死は私にとって神からの贈物だから」。

その場に残ることは無意味だった。私の目的は、孤児たちを引き取って、彼らに少しでもマシな暮らしを提供し、よい教育と愛情を与えることだった。でもアメリカ人たちが殺戮爆弾で計画をダメにした。私はベルギーに戻るとき、手ぶらだと考えていた。何も得るものがなかった、と。でも今、何も手にせずに戻ったわけではないとわかっている。苦しみに満ちた暮らしから得た経験が私を豊かにしてくれた。人生や人間、神の慈悲についてより大きな理解を得たと思っている。神は私に信仰をお与えになり、私の信仰心はより強くなり、おぞましい人間たちは私に強い印象を残すことはなかった。

私はアナスと一緒に去った。アナスはずっと帯同してくれた。もちろん、このことで私たちを非難する人もいるだろう。禁止されていなければ、私は両腕で彼のことを抱きしめていただろう。そのことは彼にもわかっていた。私たちはムスリムで、触れ合わなくても感情を知ることができた。愛しているときには愛していると口にできないわけではなかったが。二人きりの長い旅だった。最初はバス。それからラクダが引っ張る幌車《ほろしゃ》。数時間つづいた。姉妹たちもいない、本当の独りぼっちは初めての経験だった。アナスは御者の横に座っていた。するとしばらくして、御者が幌車を停めた。アナスはいったん車から降りて、私の正面に座った。私と会話するつもりだった。私と夫を助けてくれた彼との思い出はたくさんあった。思い出すと涙が溢れた。でも、私は彼に語って欲しかった。彼は我慢するように、と言った。「辛抱してください、姉妹よ。あなたの身に起こったことは、アラーの神がお与えになった試練です。この仮初《かりそめ》の世における試練。本当の生は、あなたがこれからアブデサタールに再会するあちら側にあります。彼は、あなたが会いにくるだろうと確信していました。この国を取り巻く様々な難しい条件を彼と分かち持ってくれるだろう、とも。あなたが来たとき彼はとても幸せそうに見えました。九月九日がアラーの許に書き込まれた彼の死の日付であることも理解していました。彼は死の方法を選んだのです。神は彼の願いを聞き入れたのです」。このとき、私は兄弟たちが買ってくれた紙のハンケチを持っていなかった。涙はとめどなく流れた。すすり泣きをしながら、私は彼に言った。「夫の最期がどんなだったかわかった。私が泣いているのは、彼のせいじゃない。彼がいなくなったとしても、兄弟や姉妹に対して、申し訳ない気持ちでいっぱい。残虐な多くのことを目にして、私はとても疲れていて、お風呂に入ることができればどんなにいいだろう、と考えている！」。若干のユーモアを交えながら、哀しみから私を遠ざけようとして彼は言った。「カロラの家にもうすぐ着きます。そうしたら、あなたの好きな湯船が選べます。なにしろ三つあるんですから。彼女には連絡しました。首を長くして待っていますよ」。

疑問だらけだった。「教えて！　どうしてアブデサタールはマスードを殺したの？　チェチェンの民衆を救うためにアフガニスタンに留まるのだ、と彼は私に言っていた。なぜそれが変わったの？」。沈黙が流れた。彼は首を垂れて答えた。「すべてが、あなたには理解できない政治問題です。私たちは女性を政治に巻き込みたくない」。もちろん、私は納得しなかった。「もうすでに私を政治とやらに巻き込んでるじゃないの！　私には知る権利がある。完璧に理解できる」。「マスードは裏切り者でした。彼は、味方である民衆と闘ったのです。信仰を持たない、法も遵守しない動物のような連中を指揮したのです。彼らは暴力的で、女性の手足を切断しました。神が私たちにお与えになった様々な戒律とは反対の法を制定すべく、既存の政府を転覆しようとしました」。「でも、あなたじゃなくて、どうして私の夫なの？」。彼は不機嫌になった。気づまりな空気だった。「あなたの夫はぶれない信仰の持ち主でした。自分を律する心を持ち、誰にも持てない勇気がありました。マスードを殺す唯一の方法は、一緒に自分も殺すことでした。捕らえられるより死ぬほうがずっとマシでした。マスードの兵士は人間性を持っていません。彼らは人を苦しめること、イスラムの教えに反することが好きなのです」。私たちは途中ずっと話をつづけた。アメリカの陰謀にも言及した。パレスチナとロシア、聞いたこともない小さな国で張り巡らされた陰謀。「私たちは絶えず闘い続けなければなりません。たった一人でも生きている兵士がいるかぎり、植民者たちが平和な日々を迎えることはない。彼らが最後の最後まで盗みを続けるなら、私たちは自分の国を守るだけです」。アナスは結婚していなかった。彼は、闘い続けるために、自由に動き回れることを望んでいた。

アナスは他の兵士たちと共に山に帰った。数日後、再び現われ、ヨーロッパには戻らないよう今度は強く命令した。彼の言葉に従うべきだったのかもしれない。みんなが言うことは正しかった。でもそれがわかったのは私がベルギーに戻ってから。

カロラの家に着いたとき、私はとても弱っていた。カロラは、外の空気を吸うことをさかんに勧めた。マスードの兵士たちの最後の記憶を打ち払うためにも、と。あの怪物たちは、私の肌にぴったりと貼りついているみたいだった。疲れ果てていたのか、私は日没までぐっすり眠った。姉妹に起こされたとき、断食が終わる時間になっていた。翌朝、起きたら生理が始まっていた。解放を神に感謝した。捕まっている間、私は身体的にとても強かった。解放されたいま、指先まで弱くなった。それから数日間、私は眠りっぱなしだった。

（『光の兵士たち』抄、了）

10

二〇一五年一月六日。

俺は昼過ぎから出かけた。武装具と武器の確認のため、隠し場所に向かった。昼飯は抜いた。サイードに二回、電話をした。サイードの息子が病気で、心配だったからだ。熱も落ち着いてきたようで、一安心。夕方、ジャンヌ・ヴィリエにある「リーダー・プライス」〔フランスのディスカウントストア〕に行った。特に何も買うものはなかった。晩飯も抜いた。

早めに帰宅して、横になった。二十一時頃、イッザナが部屋に入ってきたとき、俺はもう寝ていた。腹痛のためだ。夜中、アメディから二回、ＳＮＳが送られてきた。時を同じくして、インターフォンが鳴った。誰なの？　と不審がるイッザナに、暑いから新鮮な空気を吸いたい、と言って、通りに出た。凍るような一月の夜だった。十五分後、部屋に戻ると、イッザナはまだ起きていた。お互い、一言も発しなかった。

翌日、朝の七時ちょっと前に起きて、二人で最初の祈りを捧げた。続いて、俺はコーランを読み、窓から外を眺めた。イッザナはネットサーフィンの最中だった。どちらも口を開かなかった。九時四十分、誰かがドアを叩いた。サイードだった。ランスから来たところだ、と言った。サイードを見たイッザナはとても驚いた。ずいぶん久しぶりね、と挨拶をした。ギクシャクした空気が流れた。冬物のバーゲンが始まったばかりだから、気晴らしにでも行くといいよ、と俺は微妙な空気を拭うために軽い冗談を言った。イッザナは少し不思議そうに俺を見返しただけだった。十時半、俺は黒い外套《がいとう》を着て家を出た。イッザナとは目も合わせなかった。十一時半、俺たちはあの事件を起こす。パリ十一区にある出版社で、諷刺画《ふうしが》の画家や編集者ら、警官を含め、十二人を殺害し逃亡した。イッザナは午後になってやはりバーゲンに出かける。十六時半ごろ帰宅。腕には抱えきれないほどの買物袋。家の前で、凶悪犯罪捜査官が彼女の帰宅を待っていた。

あの事件で、路上で警官と撃ち合いになったとき、俺は「アラー・アクバル」と何度も叫んだ。神は偉大なり、と。本心から叫んでいた。叫んでいたつもりだった。でもいま考えると、誰かに口を動かされていた気がする。それ自体がアラーの神の導きであったのかもしれない。その導きにしたがうことが、アラーの兵士、光の兵士たる条件なのだ。だが本当にそうか。言葉に意味はないのか。俺は光の兵士になったのか。なれたのか。

＊

スミヤ

サイードの妻スミヤは、二〇一五年一月七日の午前中、ずっと子どもと遊んでいた。その後、アパルトマンを掃除して、通りを挟んだ向かい側にある母親の家に行った。午後の初めだった。その日はずっと母親の家で過ごすつもりだった。サイードは遅くなる、と言葉を残していた。近くのスーパーで夕飯の買物をして、簡単な食事を作った。自宅に戻って来たのは、もう二十二時近かった。テレビをつけてザッピングした。情報番組で自分の夫の滞在許可証の写真が画面に大写しになっているのを見た。あの事件の容疑者と名指しされていた。

「私の足は、もう私を運んでいませんでした。信じられなかった。いまも信じられない。一人の人間が、あなたと一緒に生活している人間が、毎朝あなたと一緒に起きる、その人が、十二人の人間を殺すことができたなんて、想像することさえできません」[4]。あの事件の後、スミヤはインタビューでこう答えている。

*

シルヴィ

あの事件の後、フランスの刑務所がやったこと——ジャメルを独房に移したこと——にあたしはまったく納得できない。正義も何もあったもんじゃない。ジャメルはこれまで一度だって自分の「オーラ」を利用したことはない。でもメディアは嘘ばっかり書くし、メディアの嘘を見たり読んだりする人たちは、ああ、やっぱりジャメルがあの兄弟を操っていたんだ、と丸呑みする。報道されていることを羊みたいに黙って追いかけるだけ。あたしの夫のジャメルはあの事件に何の関わりもない。ジャメルを中傷する権利は、誰にもない。イスラム過激派が事件を起こすと、ジャメルにかける負荷を重くする、というのはフランスの不正義。ジャメルこそフランスの人質だわ——ジャメルの妻シルヴィは、イギリスの報道機関の取材に応えて、こう言い放ち、激昂《げっこう》した挙句、飲んでいたコーヒーを引っくり返し、食べていたパイを路上に投げ捨てた。

＊

アイシャ

マリカは揺れている。動揺し、怒り、泣き、叫ぶ。でもあらかじめそう決まっていたみたいに、一筋の細い道のうえを歩いている。神の導き、と彼女は言う。彼女自身が選んだともいえる。自分の決断か、神の導きか。彼女自身が決められずにいる。いいえ、彼女は、神の導きと何度も書いている。何度も何度も。信仰の外側にいる人間は、どうしてあんなに何度も書かなきゃならなかったのか、と勘繰りたくなる……。

シェリフ兄さんは、マリカの心の揺れを感じとっていた。神の偉大さを信じて、神の導きによって行動する――そんなルールを一〇〇パーセント受け入れる自分を、認める自分はいる。でもそうじゃない自分もいる。マリカの揺れに共鳴する自分がいる。そんな自分を持て余した。もしそうじゃなかったら、兄さんたちが、逃亡から二日後に立て籠もった、あの印刷工場で起こった出来事を説明できないはずだから。

第二章

誰かが印刷所正面のインターフォンを押した。

工場長のミシェルは納入業者を待っていた。一月九日、金曜日。朝八時半。近くにいたリリアンに、コーヒー・メーカーのスイッチを入れるように言って、扉を開けるボタンを押した。業者を迎え入れるため、二階から降りていった。

駐車場の隅で、印刷作業主任のステファヌが誰かと話しているのが見えた。相手は防弾チョッキを着て、カラシニコフで武装していた。ミシェルには、それが二日前から指名手配されている、あの事件の犯人たちであることがすぐにわかった。ステファヌの車プジョー206のエンジンはかけっぱなしのまま、会社のシャッターの前に停車していた。ミシェルは自分の車ルノーＫａｎｇｏｏに近づく。二人の犯人たちに丸腰《まるごし》で接近した。

分厚いガラスでできた窓越しに、もう一度、ステファヌと武装した二人のやりとりを確認した。カラシニコフを吊っている革ベルトが右肩に食い込んでいた。銃口は地面に向けられ、もう少しで路面に届きそうだった。シェリフは、ステファヌに向かって、イスラム教の教えを垂れた。「コーランを読め、テレビで言われていることはすべて嘘だ、信じてはならない」。彼らが襲撃した諷刺雑誌については、「預言者の恨みを晴らした！」と、いつもの言葉を繰り返した。

「私はどうすればいい？」

ステファヌが尋ねた。

「お前は外に出て、警察に行け。俺たちがここにいることを伝えろ」と、シェリフは答えた。ステファヌは後ずさり、向きを変えると、姿を消した。

やりとりをガラス窓越しに眺めていたミシェルは、リリアンに警告しなくては、と考えた。そっと二階に戻る。「やつらはカラシニコフを持っている。ステファヌと一緒に、いま、会社のすぐ外にいる」。リリアンは冗談だと思った。階下で声がした。二人が印刷所に入って来た。

あの事件の日。ミシェルは四十八回目の誕生日を祝った。パリの中心部で起こった虐殺事件は遠い場所での出来事だった。二日後、ミシェルは殺戮の犯人たちに会う。出逢ってしまった。彼らはすでに二階の廊下にいた。

「俺たちのことは知っているか?」

ミシェルが仕事をしている部屋のドアが開く。二人組は入ってくるなり、そう尋ねた。

「心配ない、水とエスプレッソをくれ」とシェリフが言った。ミシェルはエスプレッソ・メーカーの使い方を教えた。

「俺はアル・カイーダのメンバーだ。コーランを読んでくれ。そうすれば、すべてはユダヤ人のせいだとわかるはずだ」。シェリフは続けて「あんたはユダヤ人か」と尋ねた。ミシェルは否、と返事をする。「イタリア系のフランス人」。

シェリフはイスラム教の教えを語り始めた。言葉を発しながら、部屋を見回す。壁に、肌を露出した若い女のピンナップが貼ってあった。サイードがポスターを指して、「神を冒瀆《ぼうとく》するものだ」と言う。

＊

納入業者のディディエがやってきたのは、それからすぐだった。印刷工場内のパーキングに車を駐《と》めると、ミシェルとの交渉について彼は思いを巡らせた。バッグから自分用のPCを取り出して起動する。新しく納入する機械のプレゼン資料をすぐに立ち上げられるようにするためだ。携帯電話は車の中に抛《ほう》った。ミシェルとの話の途中で邪魔が入ると困るからだった。

ディディエが気配を感じて振り向くと、ミシェルと黒ずくめの男が一人、近づいてくるのが見えた。いつもならミシェルは二階の事務所で待っているはず。異変に気づいた。ディディエはミシェルと握手した。見知らぬその男は二人の様子をうかがっている。男の肩から下がっているカラシニコフが見えた。

「ディディエ、行ってくれ」

ミシェルが早口で言う。

「お前を殺すことはない」

シェリフがかぶせるように言い放つ。ディディエは黙って車に乗り込み、急発進させた。

＊

ミシェルとシェリフは工場内に戻った。入口のガラス扉をミシェルは閉めようとしたが、シェリフは開けっ放しにしておくよう言った。暖房のスイッチを入れたので扉を閉めたい、とミシェルは言ったが、シェリフは少し笑って首を振った。二階の事務所に戻ると、兄弟はフランス憲兵隊に電話するよう要求した。電話に出たのは若い女性で、彼女は「(犯人は)何人いるのか?」と尋ねた。シェリフが両腕を広げて「たくさんいる、と伝えろ」と合図したので、ミシェルは「たくさん、だ」と答えた。

事務室には書棚があった。シェリフは特に関心もなさそうに、部屋の中を見回していたが、ある本のところで目をとめた。「ミシェル・オンフレを読んでいるのか?」とやや棘《とげ》のある口調で言った。サイードもミシェルを見た。

ミシェルは警戒した。リリアンが隠れている奥の流しが気になった。ここで地雷を踏んでシェリフの気《き》に障《さわ》るようなことを言えば、自分だけではなく、リリアンも危険にさらすことになる。シェリフは、ミシェル・オンフレの書いた『無神学論』という本を指さしていた。「読んではいない」とミシェルは静かに答えた。

*

印刷所の二階には、事務室が二つ、向かい合わせになっていた。長い廊下があり、奥にトイレ、資料室。大きなガラス窓付きの応接室があって、その更に奥に食堂があった。小さめの食堂には冷蔵庫が一つ。食洗機。電子レンジ。食器棚。白いキッチン家具。イナックス製のシンク。流しの下にリリアンは身を潜めていた。身長一七五センチ、体重六二キロ。瘦身《そうしん》とはいえ、シンクの下は高さ六〇センチしかなかった。足を極限まで折り曲げ、背中は給水管にぴったりと押しつけた。頭を首に埋めるようにして、二十六歳の男は時が経つのをひたすら待った。前日、ミシェルと交わした冗談が脳裡をよぎった。あの事件の犯人たちがここに現われたら身を隠せる唯一の場所って、どこだと思います？　あれこれみんなで話した挙句、意見が一致したのがこの場所だった。棚板も何もなかったからだ。昨日は、そんなアイデアが偶然浮かんだにすぎなかった。今日、アイデアは現実のものとなった。

犯人たちの足音は近づいたり遠ざかったりした。兄のサイードが二階のすべての部屋を見てまわった。ミシェルに「今朝はお前ひとりしかいないのか？」と尋ねた。ミシェルは頷《うなず》いた。サイードが食堂の入口で足を止め、じっと部屋の中を検分していた。

リリアンは少しずつ時間の観念を失っていった。遠くで銃声がした。遠く、と感じたが、階下かもしれない。リリアンの耳は、身体全体と同様、徐々に感覚を失っていく。

＊

パトロールの警官が印刷所に到着したのは、ステファヌが近くの警察署に飛び込んでからちょうど十分が経過した頃だった。玄関の大きなガラスの扉越しに、警官が二名、パトカーから降りるのを、ミシェルとシェリフ、そしてサイードは目撃した。「二人だ」とシェリフが言った。悔しそうな調子がにじむ。「さあ、いよいよだ」。サイードは少し熱くなっていた。兄弟はカタツムリのような形をした螺旋《らせん》階段の途中に、居場所を確保した。外の様子が手に取るようにわかる位置だ。

二人の警官の名前は、フランシスとメラニー。あの事件の犯人が彼らの警察署管内に逃げ込んだとの情報を得た警察は、人手を分散させて警戒にあたっていた。フランシスは、映画の中でジェイソン・ボーンも愛用するＳＩＧ ＳＡＵＥＲの銃口を印刷工場の入口に向けて構えた。シェリフは二人が乗って来たフォード・フォーカスに向かって発射し「アラー・アクバル！」と叫んだ。すぐにフランシスのほうにも銃を向けたが、フランシスのほうが素早かった。シェリフが撃った間隙《かんげき》を突いて、今度はフランシスがシェリフに向かって発砲する。シェリフは音もたてずに倒れた。首のあたりに被弾していた。仕留めることもできた。だがフランシスは二発目を撃たなかった。正当防衛の域を出ている、と瞬間的に判断したからだ、と事後にフランシスは語った。

よろよろと身を起こしたシェリフは五歩ほど下がって物陰に身を潜めた。フランシスはナイフを取り出し、駐車場に置いてあったプジョー２０６のタイヤに突き刺した。逃亡の手段を事前に奪ってしまうためだ。一方、メラニーはフォード・フォーカスの車内にいた。身をかがめて、無線で連絡を取っていた。「やつらがいます」。短く警察本部に連絡を入れたメラニーは、フランシスと合流して、印刷所の正面玄関横に張りついた。

膠着《こうちゃく》状態が三十分、続いた。

ＧＩＧＮ〔国家憲兵隊治安介入部隊〕の一隊が全身を物々しい装備で固めて到着した。二人の警官は、その場を離れるよう言い渡された。

＊

搾りだすような声で、シェリフは被弾したことを告げた。このときミシェルは二階奥にあるシャワー室に身を隠していた。「ムッシュ、どこにいる？」。シェリフの声には怯《おび》えが混じっていた。

「私ならここだ」。ミシェルはそう答えてシャワー室から出た。パトカーの警官たちとの銃撃戦のとき、安全を考えて身を潜ませていた。

「死ぬかもしれない」。シェリフが吐き捨てる。血が流れ続けていた。

サイードが傷を確認する。傷は浅い。ミシェルは薬箱を出して、シェリフの汗を拭きとり、首のまわりを消毒した。ミシェルは一言も発しなかった。こんな巻き方でいいんだな？　サイードが包帯の巻き方を確認する。ミシェルが頷くと、あたりには沈黙が訪れた。

と、静寂を切り裂いて三発の破裂音。階下から。再び静寂。

「煙草でも吸ったらどうだ？」

シェリフがミシェルに言う。ミシェルは自分の事務机の引出しの一番上から、ゴロワーズ・レジェールの箱を取り出して、一本銜《くわ》え、火をつける。煙草のパッケージの目立つところに、「喫煙はあなたを殺す」の文字が躍る。その文句を目で読んだサイードが、少し笑った。

「どうして、この工場にやってきたんだ？」

ミシェルは訊きたかったことを口にした。シェリフは目線を上げる。窓から外が見えた。黒い土の色がずっと広がっている畑があり、その向こうに住居が点在していた。家々を抱くように森が控える。閑散《かんさん》とした風景。身を隠し、地下に潜りこむならば、こんな人口の少ない土地ではないほうがよかったはず。たとえばパリ郊外のサン・ドニ。あるいは、ブリュッセルのモレンベーク。

「森に身を隠したかった」。シェリフはそう言った。視線は窓の外に帯状に広がっている森へ——。

「昨夜も逃走のために乗り換えたクリオを運転しながら、なんとなくあの森に入っていった。森に入れば、黒い顔をしたジハディストたちがいるような気がした。世界中の聖戦で命を落とした兵士たちが、森の中に参集し、表情こそ崩さないものの、黙って俺たちを見守ってくれる――そんな思いが、ずっと俺にはある。だから自然と森に入ってしまう。凍《い》てつくような十字路を走った。森は整然と区分されていて、黒い顔をした聖戦の兵士たちは、その森に潜んでいた。俺たちをじっと見守りながら」

シェリフたちが森で過ごした前夜は、ずっと雨だった。泥濘《でいねい》の中にはまり込み、打ち捨てられたように駐まっているクリオを、後日、フランス憲兵隊が発見する。車内には、盗んだ菓子が手つかずで残されていた。ツイックス・チョコ五個。バウンティ・チョコバー二本。スニッカーズ一箱。キンダー・ブエノのチョコバーがやはり二本。ナッツ一袋。タルトレット一袋。ガトー・プランスが十二袋。ミネラル・ウォーター三本。だが、兄弟は車の中で眠らなかった。雨の中、わざわざ車を離れた。一〇〇メートルほどさらに奥に入った大きな木の下に、雨を凌ぐようにして二枚の黒いビニールが敷いてあった。ビニールは兄弟が一晩そこで過ごしたことを証明していた。二人の《決意した兵士》は野外で眠った。森に抱かれて。

*

リリアンは給水管にぴったりと背中を押しつけながら、いやというほど孤独を味わっていた。二人の殺人者と同じ建物に閉じ込められているのは、自分ひとりだけのような錯覚に囚《とら》われた。足音はときどき近づいた。誰かが食堂に入ってくる。戸棚をひっかきまわす。ジュースが欲しい、と小さく言う。向こうの部屋で「戻ってこい！　時間はない」と大きく叫ぶ声がする。だが喉が渇いているのか、足音は制止の声に逆らって、流しあたりまで近づく。出来損ないの映画のワンシーンのように、僅《わず》かな隙間から、殺人者の脚が見える。蛇口から水を飲む音。水が流れ、リリアンの背中に接する管の中に伝ってくる。背中が冷やされる。「心臓が止まりました。私は死ぬんだ、と思っていました」。事件後、リリアンはこのときのことを証言した。だが、喉の渇きを癒《いや》すと、足音は遠ざかっていった。

そのとき、印刷工場のすべての電話（一階に三台、二階に四台）が一斉に鳴り出した。騒音といってよかった。リリアンは思わず、脚を伸ばす。少しならば物音をたてても電話の呼び出し音に紛れるはずだった。痺《しび》れた脚は容易に回復しない。痺れのあとに痛みが襲ってきた。電話はまだ鳴り続けている。誰も切らない。電話回線は大丈夫だろうか、リリアンは妙な心配をした。

すると電話が一斉に鳴り止み、静寂が戻って来た。ヘリコプターが頭上で旋回《せんかい》するのがわかった。すぐに遠ざかる。ヘリの爆音がくすんだ音色に変わった。このとき、ＧＩＧＮの兵士たちはすでに印刷工場の屋根の上にいた。

＊

アメディとハイアは、十三時半ごろ、あるスーパーの前にいる。アメディは黒のダウンジャケットを着て、「イペル・カシェ」という名前の食料品店の外側の舗道をぶらついていた。フードを深くかぶる。「ＧｏＰｒｏ」とロゴの入ったカメラを首から下げている。スーパーの入口で立ちどまる。ドアを開ける。自動ドアを開けっぱなしにするために、そこで立ちどまり、背負っていたスポーツバッグを足元に置く。中からカラシニコフを取り出す。二挺《ちょう》。一方に弾倉をつけ、もう一方は左肩にかけた。ハイアは店の中には入らず、アメディに一瞥《いちべつ》をくれたあと、その場を離れる。

食料品店の中には、客と店員あわせて三十五人。閉店までまだ数時間が残っていた。前日、モンルージュ〔パリの南西部の街〕でアメディは警官を殺害した。その後、ネットでイペル・カシェの営業時間を確認した。スポーツバッグの中には、Tシャツにくるまれたスポーツ用のトランクスがあり、カフイエ〔アラブ系遊牧民のベドウィンが頭にかぶるための大きな布〕、ダイナマイト二本、ピストル二挺、百二十箱に及ぶ実弾、現金二六七五ユーロ、防弾チョッキ、左肩用のホルスター、そしてナイフ。アメディは、ユダヤ系の店を襲って、ユダヤ人共同体が蜂の巣をつついたみたいな大騒ぎになることを見届けたいと思っていた。機関銃を店内に向け、発砲する。

冷凍食品の棚では、客が店員にラクレット〔チーズとジャガイモのスイスの料理〕を作るためにあれこれ質問をしていた。店長は三日前に新しくその職に就いたばかり。カートをきちんと並べ直している店員もいた。ヨハンという名の三十歳の店員は、店舗の表で彼の注意を惹く何かが起こった気がして、顔を向けた。破裂音がして、ヨハンは金属の棒につかまったものの、尻から後ろに落ちた。痛みに声を上げた。弾はヨハンの頬を貫いていた。

アメディはスーパーの店内に入った。「みんなそのままだ、動くな！」。相変わらずフードをかぶったまま、さらに数発を発砲する。そのうちの一発が今度はヨハンの腹に命中した。床に転がったままのヨハンは、痛みに身を捩《よじ》りながら、助けてくれ、と店長に叫んだ。アメディは店の中央通路を占拠《せんきょ》した。スポーツバッグを下ろし、カラシニコフをＡＫ47に持ちかえる。その機を利用して、客の一人が店外へ走り出た。店長が後に続く。アメディは店長の背中にＡＫ47のトリガーを引く。背中を狙ったが腕にしか当たらない。店長は店のすぐ傍にある環状道路まで駆けた。

店内は狂乱状態に陥った。三十名を超える客たちはそれぞれ雪崩《なだれ》をうったように、店の裏側に逃げ込む。事態を鎮静化させるために、アメディは最初に被弾したヨハンのほうを向く。「やめてくれ、お願いだ！」。ヨハンが叫ぶ。容赦なくさらに一発浴びせたアメディは殺人者となり、スポーツバッグの置いてある中央通路に戻る。カラシニコフをもう一度手にして、再び弾を装塡《そうてん》する。「全員、ここに来い！　さもなければ皆殺しだ」。店の裏手に向かって、アメディが大声を出す。

誰も反応しない。仕方なくアメディは裏手まで進む。通路いっぱいに積まれたカートの横に一人の客がいて、その客の前をアメディが通る。カートの奥に隠れていた男の襟《えり》首《くび》をつかみ、レジのところまで引きずっていく。男は身体を二つに折ったまま、ジッとアメディを見上げる。「お前の名前は何だ？」。男は「フィリップ」と答える。アメディはその声を聴くや、こめかみに一発撃ち込んだ。

レジのほうを振り返る。レジ台の下には店員二名と客一名が身を潜めている。アメディが「まだ死んでなかったのか」と呟《つぶや》いて、二発、ぶっぱなす。弾は店員を掠《かす》めただけだった。「立てよ、オラ、立て！　もう一発、お見舞いしようか」。そう言ってアメディが男をレジ台から引きずり出す。ドアを閉めろ、と指示を出す。「あいつはどこに行った？　店長は、どこだ？」と問《と》い質《ただ》す。店員は、とにかく客に向かって発砲するのはやめてくれ、自分なら何でもするから、と懇願する。

「責任者はどこだ？　どこに逃げた？」

アメディの言葉に、店員は首を横に振っただけだった。

＊

アメディには時間があった。その場を制圧し、遠く、パリ郊外に逃亡している兄弟への友愛を表明するために、ユダヤ系のスーパーを占拠し続けなければならなかった。怯えた人質たちに向き合うと、アメディは唐突に自分のことを語り始める――。

マリ系の両親から生まれた。子どもたち十人のうち、たった一人の男の子だった。パリ市長の警備係をしていた父親と、家政婦をしていた母親。どちらかと言えば引っ込み思案で、外に出たがらないアメディ少年は、オンラインでポーカーをするのが好きだった。成長するにつれ、身体が大きくなった。人並み外れて大きくなった身体を使う仕事を考えたが、どの仕事も続かなかった。ミドルティーンのときピストル強盗をやった。実刑をくらう。徐々に暴力的になり、しまいには住んでいる街区でとても怖れられる存在となった。カッとなりやすい性格で、しょっちゅう喧嘩《けんか》した。でもすぐに冷めた。まるで病気のような毎日だった。暴力をふるうことで自分の存在が認められる気がした。

十九歳のときに、友だちが警察に撃たれて死んだ。同じ歳だった。

アメディは人が変わったように人の話を聴くようになった。警察の調書にはこんな記録がある。「他人が俺に求めること――それは、暴力をふるうことだと思っていた。武器を手にすると何も怖くなかった。バットをいつも手にしていた。不正を働いた者に天罰を与えるために。本当だ。その場で根性を見せろと言われればそうした。俺は人気者だったんだ。だがあいつが撃たれて死んで、それまでとは一八〇度、違う人間になろうと思った。大人になってみせたのさ」。

アメディとハイアが出会ったのは二〇〇七年。ハイアは一九八八年生まれだから、出会いの時、彼女はまだ二十歳になっていなかった。出逢ってすぐに結婚した。アルジェリアのオランにルーツを持つ、慎ましい女。初めて二人が遊びに行った日、ハイアはまだ宗教的ヴェールをかぶっていない。アメディと出かけたクレタ島へのヴァカンス写真には、水着姿のハイアが写っている。ブルキニ〔イスラム教の女性向けの一種の水着で、「ビキニ」と「ブルカ」から作られた造語。二〇〇四年から発売開始された〕でさえなかった。普通の水着。ハイアは、こんな恰好はもうできない、と事件後に語っている。

二人の出会いは、共通の友だちを介してだった。アメディに、有名なイスラム教指導者は自分の妻の妹を紹介しようとしたが、彼は断った。自分の好みじゃない、とはっきり告げた。「俺はマグレブの女、アラブの女が好きなんだ」と。黒人の黒髪が好きじゃない、とも言った。

結婚式に新婦は参加しなかった。イスラム教では女性の参加は義務ではないから。ハイアの代わりに父親が参列した。グリニーで小さな結婚の祝宴が開かれたが、アメディの一家しかいなかった。新婦の側は父親とその従弟《いとこ》だけ。ハイアの妹も、アメディの姉妹も、女性は誰一人招かれなかった。ハイアの育ての親はこの結婚に反対していた。アメディが黒人だったから、と陰で噂する人もいた。

ハイアと結婚したアメディはコカ・コーラの会社で働いた。だがイスラム教の教えに忠実な者たちはアメディを批判する。コカ・コーラを西洋資本主義の象徴《しょうちょう》と見做《みな》し、そんな無信仰の会社で働くべきではないと言った。月給で二〇〇〇ユーロになる仕事は気に入っていたが、辞めざるを得なかった。宗教的背景が違いすぎた。このときアメディはまだ過激化していない。一方で、秘密裡にキロ単位の大麻を売《う》り捌《さば》いてもいた。

「刑務所というところは」とアメディは静かに語る。「犯罪の学校という意味では、考えるかぎりで最高だ。通路を歩けば、コルシカ人もバスク人も、そしてムスリムにも会える。拳銃強盗とも殺人犯とも友だちになれる」。シェリフとアメディが出会ったのも刑務所で、二人は彼らの「ヒーロー」であるジャメルに、スマインという男を脱獄させるよう言い渡される。スマインは一九九五年にパリで起こった高速地下鉄テロの犯人だった。ジャメルの命令に忠実にしたがったが、計画は頓挫《とんざ》する。シェリフには「無限の友愛」を誓った。二〇一〇年頃には、アメディは過激化を終えていた。言葉はもう必要なかった。憎悪がアメディの心の中で燃え上がっていた――。

「とにかく俺は、パリの警察が犯した殺人に復讐している。昨日のモンルージュの犯人は俺なんだ！」

アメディはそう語り、一昨日のあの事件の犯人の兄弟は友だちだ、と付け加えた。

「今日、どんなに俺が頑張ってもおそらく攻撃は制圧されるだろう。警察は俺やシェリフに目をつけていたからな……。イラクやシリアでは、いいムスリムが殲滅《せんめつ》させられている。殺されている。だから俺はその仇《かたき》をとる。世界とフランスが、俺たちの兄弟たちを迫害したとしても、俺たちのグループは、無信仰者たちと闘い続けるだろうし、俺たちを迫害する『すべてのキリスト教者、すべてのユダヤ人、すべての異教者』を殺す。イスラム国や、マグレブのアル・カイーダ（ＡＱＩＭ）、俺の祖国マリを掌握《しょうあく》しているテロリストどもには、俺の言葉を届けたい。俺たちだけが真実を語っている。俺が言いたいのは小さな真実だ……。俺はいま、こんな話をあんたたちに向けてしているが、あんたらは、いま起こっていることに関心を持とうとしない。まあ、いいさ。もうすぐ終わる。俺みたいなやつがどんどん現われる。テロリストは途切れることなくやってくる。

そいつらは、イスラム国を攻撃するな、女性たちからヴェールを奪うな、何の理由もなく兄弟たちを投獄するな、と次々に要求を突きつけるだろう……」。

アメディには、自分が起こした事件の終わりが見えていた。死以外に選択肢はない。それを誇りにさえ感じていた。人質の一人は、解放後にこう語っている。「彼の信念は警察を倒すことであり、散り際にヒーローになることだった」。

近づく終わりを前にして、アメディは奇妙なくらい陽気で、よく動いた。売り場に転がされている人質たちに飲み物を与え、甘いものを配った。誰も空腹ではなかった。疲れ果てた三歳児は食べたものを吐いた。アメディは心配し、吐瀉物《としゃぶつ》を掃除するのに必要な道具を取りに行ってもいいとさえ言った。子どもの目の前では武器を隠した。パンとマヨネーズとスモークした鴨でサンドイッチを作った。そそくさと食べ終えると、アメディはたった一人、オフィスに入った。ＧｏＰｒｏの画像イメージをコンピュータに取り込んだ。膝をついて、身体のすぐそばにカラシニコフを置き、ピストルをベルトに差して、祈った。

＊

印刷所二階の事務室では、さっきまで大音量で鳴りつづけていた複数の電話が、なりをひそめていた。誰も音をたてない。ミシェルとシェリフだけが会話をして、サイードはその二人を見守るという構図が、いつ終わるともなく続いた。サイードの携帯電話が震える。アメディからだった。自分がイペル・カシェという名前のユダヤ系スーパーにいること、数人を殺し、人質をとって立て籠もっていることをアメディは手短に話した。会話は緊迫していた。「ああ、そうだ、俺だ。サイードだ。平気か？　ハンドラー！（笑）　戦争だな！」。シェリフに代わる。シェリフがボソボソとくぐもった声で話す。何を話しているのか、サイードにもミシェルにも聞き取れない。反対に、アメディの叫び声が電話を通しても聞こえてくる。頭ごなしに言うなよ、俺がやるべきことならわかってるんだから！　アメディは大声で言った。午後二時を回ったところだった。

＊

十分ほど前、一つの影が印刷所のドアを少しだけ開けた。シェリフとサイードは手に武器を持ってドアのほうに移動していく。印刷所を解放したら、アメディのいるスーパーマーケットを拠点として確保する計画だった。もし兄弟が攻撃されたり殺されたりしたら、その時点でアメディはスーパーの人質全員を殺すことになっていた。

しかし事態は別の展開をする。不思議な膠着状態が続く。誰かが動かなければ、不気味な均衡《きんこう》がいつまでも持続するようにさえ思えた。だが膨らんだ風船のように、均衡はそろそろ限界に達しつつあった。

サイードは静かにミシェルに語る。

「俺たちはたぶんもうすぐ死ぬだろう。ＧＩＧＮの連中がそこらじゅうに身を潜めている。射的のマトになったみたいに撃たれて死ぬだろう。俺たち兄弟はずっと闇の中にいたような気がする。暗い無風状態の空間の中にいて、ときどき風が吹いてくるのを待っているような暮らしだった。そんなとき、ふいに光が差した。サラフィストの言葉には光が溢れていた。シェリフが何度も口にしている《光の兵士》という存在を俺は信じちゃいない。でも、俺たちは、この数年間ずっと光に導かれるようにして動いてきた。俺たちの汚辱をすっと影の部分に押し込む光の領分に導かれるように、俺たちはこの数年を生き延びてきたんだ。光の作り出す影に目を遣《や》っている場合じゃなかった。光は必死で追いかけていかないと、俺たちの眼の届かないところに消えていってしまうように思えた。見失わないよう弟と俺は追跡してきたんだ」

サイードはポツリ、そしてまたポツリと言葉を継いだ。

あれほど饒舌《じょうぜつ》だったシェリフは黙って兄の言葉を聞いていた。ミシェルの脳裡で光と闇が交錯する。シェリフたちは本当に闇の中だけを歩いてきたのだろうか。闇と光の領分ははっきりと分けられるのか、闇だと思っている道が光に遮られることもある。光の道をまっすぐに進んできたと自負していても、つい闇に足を滑らせることだってある……ミシェルは、自分の思考が同じ場所をグルグルとまわり続けていることをぼんやりと自覚していた。「君たちにやがて訪れる大破局は、光明の翼を持っているかもしれない。しかし宗教的安寧《あんねい》に見える終わりは、君たちの犯した些細な過ちに由来している。もう一度、その過ちについて考えてみてはどうか？」。

ミシェルは突然そう語った。ミシェルの口もまたミシェルの意志とは無関係に動いているように見えた。シェリフが不意に視線をあげて、ミシェルを見た。暫《しばら》く視線を交錯させたあと、シェリフは兄を促して、印刷工場の階下へと降りて行った。

*

兄弟は目配せをして、正面のガラスのドアを開け、印刷工場の外へと身を滑らせた。カラシニコフには十分に弾を装塡してあった。事前に立てていた計画はいったん破棄した。ドアを出たところで左右に分かれたが、引き寄せられるように合流した。進むべき道筋が、あたかもずっと前から予定されていたように交錯した。右にも左にもカラシニコフを連射した。互いにカヴァーしようとした。ＧＩＧＮの兵士たちは応戦した。鉛の雨のようだった。窓は吹っ飛び、ガラスのドアは粉々に砕け散った。建物の正面《ファサード》を構築する金属の骨組みが露《あら》わになり、ねじ曲がった。印刷所の中まで弾が四散した。数えきれないほどの弾は天井に埋まり、壁に当たり、跳ね返った。写真立ては倒れ、印刷したばかりの、広告のポスターはボロボロになった。銃撃は永久に続くかと思われた。

銃撃戦のなかで、GIGNの狙撃手たちは、うまく照準を定め切れずにいた。シェリフとサイード兄弟もまた、何を狙い、連射し続けているのか、わからなくなっていた。兄弟は、車のホイールに小さな穴をあけ、郵便箱を壊し、白煙をあげただけだった。誰にも当たっていなかった。いや、そもそも誰かに向けて発砲していたのだろうか。弾が彼らの肉体を貫いて、兄弟は倒れた。立ち上がって前に進もうとした。アラー・アクバル。二日前のあの事件の日に口をついて出た言葉がこぼれた。パリの、ビュット・ショーモンという名の公園で練習した「訓練」はこうして現実のものとなった。もうずっと昔のような気がした。わずか十年しか経っていないのに。

敵の武器を前にして逃げてはならない——戒律のように口にした言葉は「恐怖の祈り」と名付けられていた。家で兄弟は長い時間をかけて議論をした。金曜には礼拝に通った。地獄にいる両親を救うという目的は果たせるのだろうか。兄弟の胸にはそうした記憶と願望が去来した。

戦闘という名の一方的な射撃は、二分間に及んだ。無数の薬莢《やっきょう》。印刷工場の正面玄関を出てすぐの駐車場が主戦場になった。兄弟の身体はやや離れた位置に転がっていた。駐車場の中央のサイードの身体を、七発の弾が貫いていた。弾は、右手の人差し指と腕時計をもぎ取った。不思議なことに頭部の損傷はこめかみの一発だけだった。シェリフのほうは腹に致命傷をくらった。パーキングのへりのところに倒れていた。印刷工場の外へ出るという彼の強い意志が感じられた。十三発の銃弾が、主に上半身を中心に浴びせられていた。死体解剖の担当医は、後日、死因を「複合的」と書いた。シェリフとサイードの死体に眩しい午後の光は当たっていなかった。

＊

シェリフとサイードの兄弟が死んだことは、すぐにテレビに速報が流れた。アメディはテレビ画面から視線をはずすことなく、食い入るように見た。

スーパーの裏手にいた人質たちは、裏口から乾いたメタリックな音を聞いた。弾倉を装塡する硬い音がしたと思った瞬間、強烈な爆発音が耳をつんざいた。一度。二度。非常口の後方から特殊部隊の兵士たちが姿を現わした。

アメディは突っ立ったまま、特殊部隊が突入してくるのを待った。銃口は店の奥に向いていた。小麦粉と砂糖の大袋でドアをブロックした。と、シャッターが突如上がり、ジュラルミンの盾を持った兵士たちが乱入した。アメディが人質の群れに紛れ込むのを防ぐため、その身柄を急いで確保しようとした。アメディは一発撃って、身を隠した。反撃をくらう。さらに身を隠す。特殊部隊の連中は激しく撃ち返した。右足に電気の走るような衝撃。血が流れていた。倒れた。倒れたまま撃った。応酬はしばらく続く。アメディは隙をみて、スーパーの入口へ突進しようとした。一斉射撃。頭に五発、上半身に二発、左右の腕に五発。足に三発。終わりだった。アメディは、ガラスのドアの敷居のところに崩れ落ちた。そこは数時間前、アメディ本人がサンドイッチを買いに来た客に発砲した場所だった。特殊部隊の兵士の一人がアメディに近づく。アメディの頭部は彼の足元にあった。兵士は目出し帽を巻き上げて、深く呼吸した。

人質は全員、外へ出された。警察が地下の冷凍庫を調べたら、七人の客がそこに逃げ込んでいた。寒かったが、体調を崩した者はいなかった。アメディのスポーツバッグからは、ダイナマイト、導火線、鉛芯《えんしん》が発見されたが、繋《つな》がれた形跡はなかった。

*

印刷工場に憲兵隊が入った。六個の発煙筒、ユーゴスラヴィア製ロケット・ランチャー、タブレットタイプの端末が地面に転がっていた。インターネットで見ていた最後のページは、画面の右下に小さく「追跡中」と表示されていて、シェリフたちは、どれくらい近くまで追手が来ているのか、正確に把握していた。憲兵隊は口々に「リリアン！」と連呼した。排水溝の近く、流しの奥に身を隠していた男は、すでにいなかった。母親にSNSで無事を報告した。「やつらは制圧された……」。リリアンは母親にそう書いて送った。

「俺たちが行くまで、そこを離れるな！」。憲兵隊の連中は口々に叫んだ。リリアンはその言葉を信じて、隠れ場所を離れたものの、椅子の後ろに身を隠していた。憲兵隊はリリアンを見つけると、二階の窓から外へ出した。長い一日が終わろうとしていた。リリアンが瘦《や》せた身体を伸ばして土を踏んだのは、ちょうどサイードとシェリフが倒れた駐車場の真裏の、工場の別の入口付近だった。ヘリコプターの音がうるさい。リリアンはそう思った。

第三章

オレは日本で生まれた。一九八二年、九州の西側にある長崎県伊佐早市。どこまでも続く水田があり、その先に有明海があり、島原半島が控える。伊佐早市は、巨大な耳のような形をした島原半島と長崎市を結ぶ連結器の位置にあり、なかでもオレが育った盛町は、飛びぬけて狭隘《きようあい》な土地だった。伊佐早湾と橘《たちばな》湾に挟まれ、低い山もあちらこちらでせり出している地域は、江戸時代から干潟《ひがた》を埋め立ててできた土地がほとんどだ。そこで繰り広げられる農業だけが唯一の産業で、公務員になろうにもポストは少なかった。近くの山を刳《く》りぬくようにしてできたゴルフ場も時間をかけてさびれた。いまはメンテナンスのためにだけ最低限の人数が確保されている状態だ。良質の石が埋まった山を誰かが売り払ったため、掘り出された巨大な石を積んだトラックばかりが町の幹線道路を我が物顔に走った。

地区の人々は誰もが知り合いであり、近郷の人々で（暗黙のうちに）形成されたみんなの意見は絶対だった。村落の祭りには何を措《お》いても参加せねばならず、草刈りや側溝の清掃にも欠席は許されなかった。生ゴミ用の指定の袋には記名欄があり、地域の外の人々の侵入を防いでいるのかもしれない。閉ざされてはいないが、閉じていた。人口の集中する都市部以外の、ほぼすべての日本の土地がそうであるように——。

土地の外の出来事は、画面を介して接するしかなかった。テレビやPC、SNS以外に、リアルな日本や世界は存在しなかった。二〇〇一年九月に二機の飛行機がニューヨークの巨大な尖塔《せんとう》に突っ込んだとき、オレは何も感じなかった。イスラム教はオレの生活圏の中に存在せず、画面のリアリティは画面で切り取ることのできる範囲にとどまっていた。一九九五年と二〇一一年に大きな地震が日本を襲ったときも、阪神・淡路地方や東北地方の湾岸部の映像そのものは衝撃的だったが、テレビ画面の中の出来事でしかなかった。オレの家は揺れなかった。足の裏側で覚束《おぼつか》ない大地を感じるという経験が、オレにはない。

だが、たった一つだけ、圧倒的なリアルさで、オレを捉えて離さない出来事がある。

干拓《かんたく》だ。

　伊佐早湾の歴史は干拓を抜きに語れない。古くは江戸時代から、伊佐早湾がその名で呼ばれていなかった時代から、干潟の海を少しずつ埋め立てて、農地に転用し、人は生きてきた。いわゆる泥海を水田に作り替えて、耕作し、農作物を育てて売って、生計を立てた。オレが生まれた頃、一九八〇年代はまだあっけらかんとした空気が残っていた。ムツゴロウという名の、干潟特有の生物は泥の海の浅瀬で、身体の半分を泥に浸しながら水面を跳ねた。干潟が底なしで、不用意に入っていくとずぶずぶと身体ごと沈み込んでいくことさえ知らなかった小さなオレは、一度、胸まで泥海に浸《つ》かったことがある。ムツゴロウを追いかけて、干潟にはまりこんだのだ。もがけばもがくほど、脚の自由はなくなった。子どもの体重なら、じっとしていれば身体全部が沈むことはなかったに違いないのだが、脚が自由に動かせない怖さから、オレは下半身を中心に暴れてしまい、その結果、胸のあたりまで泥の海が迫ってきた。お気に入りの黄色いTシャツに描かれたニコちゃんマークの顔が歪《ゆが》んでいた。

　ムツゴロウは無慈悲にオレの顔のあたりを跳んだ。顔にかかった泥を払うわけでもなく、ムツゴロウはじっと力を溜めたかと思うと、敏捷《びんしょう》に移動した。オレのことなんか、お構いなしだった。湿原に生えている枯れた葦《あし》までは少し距離があった。脚の自由さえあれば、葦につかまって泥海から抜け出せるのに。だが動けなかった。あのとき見えた海と空とが接する鮮やかな一線のことは、いまも鮮明に覚えている。空は灰色だった。干潟の海もそれを映すかのような灰色で、にもかかわらず、境界はくっきりとした線でできていた。

まっすぐな線が遠くに見えた。

と、その線がふいにぐちゃぐちゃにかき乱され、揺れた。誰かが、オレをひっぱり上げてくれたのだ。荒々しい手がTシャツの丸首のあたりを摑《つか》み、乱暴に引き上げた。オレは、ふいに空中にほうり出され手足の自由を獲得した。いまでもときどき、あのまま泥の海に徐々に沈んでいたら、オレはどうなっていただろうと考えることがある。どうもこうもない。窒息して死んだに違いないが、あのとき海と空とが接していたまっすぐな線はずっとオレの視線の先にあって、乱れることなく空間を横切っていた。身体が沈むのと並行して、目線も低くなり、ついには泥の海面と同じ高さになったとき、オレの眼には果たして何が映っていたのだろうか。ムツゴロウか、それとも——。

沖合のほうから、干潟の匂いを含んだ風が吹いていた。

そんな、事件ともいえぬ小さな出来事があったのは小学校に入る前だった。とすれば、八〇年代の出来事のはずだ。伊佐早湾が再び揺れ始めるのは、そのすぐあと、ということになる。

長い間凍結されていた伊佐早湾の干拓事業が、どんな政治的駆け引きの産物か、再び認められ予算がついたのは一九八九年のことで、湾の奥には潮受け堤防が設置された。漁民には補償として総額二八〇億円ほどが支払われたらしい（子どものオレには何の関係もなかった）。一九九七年には、堤防の水門が閉じられて、事業は一応の区切りを迎える。このときの映像は何度もテレビで放送された。まさに全国規模のニュースだった。ストン、ストン、ストンとギロチンのような板が次々に海の中へと落下して、まるで海の首を切断するかのような残酷な仕切り板によって、事業は完成の日を迎えた。海は二つに分割され、水門のこちら側は淡水化へ突き進む。

タイラギ貝の漁は一九九三年から休漁になっている。採れなくなったのだ。タイラギ貝ほど知られていないが、地元のオレたちがよく食べた貝がある。アゲマキと呼んでいた。そのアゲマキも採れなくなった。……どうにも腑《ふ》に落《お》ちないことがある。オレはあの段階ではまだアゲマキは生きていたんじゃないかと思う。水門は確かに閉められたけれど、アゲマキは淡水化しつつあった溜池のどこかで、じっと息を潜めて生き延びていたんじゃないか。それとも水門以外に外の海とつながっている秘密の連絡通路があって、アゲマキたちはそこで生き延びているのではないか……当時、中学生だったオレはそんな埒《らち》もないことを漫然と考えていた。

有明海を「ギロチン」で切断し、農地の予定となっている土地に調整池を作り、堤防を盛る。工事が始まると、それまで賛成派・反対派に二分されていた意見のぶつかり合いも、影を潜めた。工事が粛々《しゅくしゅく》と進行している以上、もはや闘わせるべき意見さえないように思えたのだった。賛成も反対もない。干潟はなくなり、有明海は堤防の向こうに後退した。

オレは絵がうまかった。他に何の才能もなかった。絵を描くこと自体が好きだった。早朝、太陽が顔をのぞかせる直前、薄暗がりの中、干潟まで行ってよくスケッチをした。小さい頃からずっと、だ。誰にも見られていない幸福感が身体の中から湧いてきた。泥海の彼方《かなた》には薄く雲がかかっていて、それがほのかに白くなり、背後に太陽を隠していると知れた。その一瞬が好きだった。小さなスケッチブックに急いで風景を描きとると、あたりを見わたした。工事が進捗《しんちょく》するにつれ、風景は歪み始めた。堤防は道路になるらしかった。土と石を盛り上げて堤防のうえに立派な道路を開通させようとしていた。

いま思い返すと、覚えているのは、伊佐早湾と空とが作り出す一本の線だ。海の鈍い灰色とそれよりも少しだけ白い空とが接するあたりに現われる線を、眺めに通っていたのかもしれない。それは、幼い頃、干潟にはまり込みムツゴロウの視線と自分の目線が同じになることを考えた、あの一瞬、背景として引かれていた空と海の接線に似ていた。あのとき、オレはムツゴロウになった。ムツゴロウの目線を手に入れたのだ。その眼で空と泥海の境界を見続けてきた。

だが、境界線はもはや存在しなかった。何かが本当に変わったのだ。

*

サイードとシェリフが十二人の人間を殺害した現場を通ると、すぐにオレは方向転換する。もう一度、バスティーユ広場を通り、セーヌ川に戻ってくる。さっきとは別の橋を渡る。今度の橋は川面《かわも》にどういうわけかプールが作ってあって、そのプールにはこれもどういう理由からか、二十世紀前半にフランスで活躍したアメリカの女性ジャズ歌手の名前が刻まれている。精神科の病棟として有名だった大きな建物の縁を縫うようにして、歩き続ける。病院の敷地の中を大きな道が走っていて、病院自体、完結している感じがしない。教会もあり、コンビニのような店もある。オレはくたびれた恰好のまま、コンビニもどきの店に入る。目線を少しずつ上げて、店内の棚を物色する。ワインを一本手に取る。バカみたいに安いそれを大事に抱えるようにして、レジに向かう。不愛想に座っているアラブ系と思《おぼ》しき男は、つっけんどんに「ボンジュール」と言い、赤ワインをチェックして、オレが差し出した皺《しわ》だらけのユーロ紙幣をぞんざいに広げる。

不意に頭の中で声が響いた気がした。あたりを見回すが、誰も話していなかった。

「家族でパリに来てるのか?」とレジの男は英語でオレに尋ねた。オレの後ろに並んでいた中国人の子どもをオレの子どもだと勘違いしたのだ。頭の中の声じゃなかった。

「いや、オレはひとり。日本からやってきた。数カ月間このあたりに住んでいる」。レジの男は、あからさまにオレの言葉に関心を失った。男は、オレンジ色の制服の中に、パリ・サンジェルマンのユニフォームを着込んでいる。制服の下の、人気サッカークラブのユニフォームは汗を吸って少しじっとりとしている。

＊

異変がはっきりしたのは、伊佐早湾干拓道路が完成するちょっと前だった。道路が工事着工からちょうど十年がかりで完成したのは二〇〇七年で、十一月に完工式があり、十二月の末、もうずいぶんと押し詰まった時期に、伊佐早湾の堤防道路は完成した。

ある朝、起きたら空気が臭かった。

海から異臭がたちのぼっていた。いや、あれは海からだったのか？　正確には、海を埋め立てた土地から、だ。元の干潟の場所。アゲマキや他の貝をはじめとする泥海の生物が生き埋めによって死滅し、猛烈な臭いを発していた。死臭だと思った。臭いは生物の死そのもののように感じた。洗濯物を干すことができない。水分を含んだ洗濯物を屋外に干せば、臭いを吸着した。家の中に干すしかなかった。同じように人間も、窓を閉め切って家の中にいるしかない。オレは家から出られなくなった。外には死が充満していた。逃げ場を失い窒息させられた動物たちの、断末魔《だんまつま》の声が臭いに乗って聞こえてくるような気がした。

そっと周りの人々を見回してみた。表立って苦情を述べている人はいなかったが、アゲマキの死の叫びは誰の耳にも届いていたはずだ。しかし干拓に賛成する意見で人々の合意形成はすでになされていた。少しの雨でも冠水する田んぼの水はけが干拓工事によって改善すれば、喜びこそすれ怒るいわれはなかった。埋め立てられた土地の中で強烈な臭いを発しながら死んでいく微小な生物のことを人々は黙って忘れようとしていた。一様に暗い顔をして暮らした。閉口しながらも悪臭はいつか過ぎ去るものとの思いが人々の胸にあった。

だがオレは違った。

泥海の生物たちの断末魔の声が聞こえるようになっていた。息をしなくなったムツゴロウを繰り返し夢にみた。ムツゴロウがいなくなって、アゲマキが採れなくなって、干潟が消失して、身体の一部がもがれたような気分に陥った。

海へ行けなくなった。完成した美しい伊佐早湾干拓道路が、生死の境を画するラインのように感じられた。

アゲマキやムツゴロウの死体を越えて、向こうにひろがる生者の海へといざなう、奇妙な声が頭の中に響き渡った。何かが大きく変わったのだ。年が明けて二〇〇八年になるや、オレは家を出ようと決意した。変化を見届けるためには、家に引きこもり、一日ずっとネットサーフィンをしている生活に終止符を打つ必要があった。

母親に話した。年を重ねた母親は、反対しなかった。お前の、好いたごとすればよかたい。それだけだった。絵を描くことを仕事に結びつけたいと考えたオレは、新宿にあるグラフィック・デザインの学校に入学しようと考えていた。ネットで評判を確認し、入学金を揃え（母親の預貯金から捻出した）、二〇〇八年三月、上京した。オレの二十代はすでに半分、過ぎていた——。

*

あの事件の現場以外でオレが日課のように通過した場所は二つある。一つは、モンルージュ。古くからある街らしい。パリの南西部に位置していて、環状線を越えると、すぐに広がる街だ。ここでアメディはクラリッサという名の女性警察官を射殺した。あの事件の翌日のことだ。そしてもう一カ所。ポルト・ド・ヴァンセンヌにあるイペル・カシェという名のスーパーだ。ここにアメディは人質をとって立て籠もった。最初、アメディのかかわった二つの場所の位置関係などさっぱりわからず、スマホを片手にダラダラと歩いていたが、そのうち、パリの環状線に沿ってその環《わ》のほぼ三分の一を歩いている（それも片道で！）ことに気づき、最小限の距離だけでも電車を利用することにした。金銭的には痛いが仕方ない。どんなに薄汚れた恰好で乗っても大丈夫なところが、パリのメトロのいいところだ。ポルト・ド・ヴァンセンヌの駅で降りて、イペル・カシェまではすぐだった。なんの変哲もないスーパー。ユダヤ系の店という以外にこれといった特徴《とくちょう》もない。くすんだ庶民的な店構え。やはり黙って通り過ぎる。痕跡はない。

三カ月、三つのポイントを黙って通過する「儀式」を自分に課している。儀式とは名ばかりで、じつはただ待っているだけ、とも言える。仕事を探すわけでもないし、誰か友だちがいるわけでもない。それでも一カ月を過ぎたあたりから、この街が少しずつ気に入ってきている自分に気づいた。このさき、もしかりに長く住むことになったとしても、自分の居場所や座席を手に入れることは難しいだろう。ただ活気があった。ドラッグのように朝から晩まで街をハイにしているものがある。すべてが伊佐早とは異なっていた。東京とも違っていた。通行人はオープンで陽気だ。人々は美しさや機知《きち》を愛し、それを身につけているように思えた。だが、それらはオレには到底近づけない種類のものだった。オレはただぐるぐるとパリの周縁に沿って、大きな弧に沿うようにして毎日歩いているだけだ。

オレは何をしている?

そう反問するとき、なぜかあの日の秋葉原の街が目に浮かんだ。

＊

上京する前、オレはどうしてももう一度、伊佐早湾を眺めておきたかった。誰も目を覚ましていない早朝、日の出の気配さえない頃合いをみて、久しぶりに歩いて伊佐早湾干拓道路へ向かった。真っ暗だった。道だけが白く浮かんでいた。魚の腐った臭いが濃くなった。思い切り歩幅をひろげて歩いた。目的地はすぐそこにあった。俯《うつむ》かず、目線をあげて歩いた。かるく息がはずむ。鳥のくちばしの形をした小さな岬があった。ひと昔前なら、その岬は干潟へ突き出ていたはずだった。だが干潟はなくなり、岬だった場所も、土地が隆起しただけの場所になっていた。白々としたライトに照らされた舗装道路が視界を横切る。道路の向こうには、黒い海が波打っているはずだった。まだ正体は見えなかった。空と海の境界線のあるほうに顔を向けて、黙って立った。

ふいに背後に気配がした。小太りの四十がらみの男がいた。

「いつまでそこに突っ立っとるつもりかん」

男の表情はよく見えなかった。オレは何も答えなかった。

「昔、漁師たちから聞いた話ばってん、かつては網さえ入れれば船が傾くごと魚が獲れたらしか。戦争でほったらかしにしとったけん、大漁旗ば立てて船べりまで水につかって帰ってきよったらしかぞ。そいが不漁つづきで、最後にゃかいすのごたる雑魚《ざこ》しか獲れんごとなってしもうた。しかたんなか、漁協ぐるみで賛成派に変わったということったい」

「あんた、誰?」

男の表情は相変わらず暗くて見えなかったが、心なしか寒そうにしていた。そして、

「百万年かかってできた干潟を十年でつぶしてしもうた」

と呟いた。

空が少し白くなってきていた。薄い雲が空を覆っていたが、その向こうに太陽の気配

がした。オレが空を見上げていると、男の気配が消えた。伊佐早を愛してこの土地のことを書き残し、不意に眠るように亡くなった作家のことを、どこかで聞いたことがあった。言葉を交わした男が死んだ作家だったのかどうか、もちろんわからない。ただ、作家が生きていた三十年以上前の時代にすでに埋め立てが計画されていた干潟は、すったもんだの末にほぼ消滅した。伊佐早湾干拓道路のアスファルトの直線はその象徴だった。その朝、相変わらずオレには道路の向こうは見えないままだった。

＊

初めて職務質問を受けたのは、ポルト・ド・ヴァンセンヌの駅に戻ろうとして、イペル・カシェの前を再び通り過ぎようとしたときだ。ついてない。一人、オレのことを注視している警官がいるな、と気にはしていた。そいつがあたりを窺《うかが》いながら道を渡ってきて、まっすぐにオレのところへ歩いてくる。四人で一つのグループになり、機関銃を肩から吊っていた警官たちの一人だ。「いったい、君は誰だ？」。英語。「このあたりをうろうろしているんなら、ジャーナリストか？」。

どう見てもジャーナリストには見えないはずだった。その警官だって、オレがジャーナリストだと思っているわけがない。だがどこまでも真顔だ。

パスポートを確認したい、バッグを開けろ、と言った。オレは背負っていたデイパックを開けて中を見せた。パスポートを提示した。バッグには何も入っていない。小銭とペットボトルの水と、着替えが少し。

「日本からやってきたのなら、難民ではないんだな」

たしかにブローカーに金を払って、イギリスへ渡るためにフランスにやってきた難民とは違うかもしれない。帰る場所もある。ただ現状、なにもしてない、という点では、橋の下の仮設テントで寝ている彼らと大きな違いがあるとは思えなかった。

「そのアジア人は、ちゃんとパスポートを持ってるじゃないか！　放してやれよ」

そう言って、オレと警官の間に割って入った男がいる。男はオレが不当な扱いを受けていると思ったようだ。「お前たちは、パリで生活する、お前たちの明らかな『仲間』以外の連中を一カ所に集めたいと考えている。そして、その場所からも、仲間じゃない連中を一掃したいんだろう？」。男は警官にこう食ってかかった。むろんオレにわかるはずはない。あとから聞いた話だ。

男の名前は、アブデラティフといった。チュニジア系フランス人と自己紹介した。警官と喧嘩腰で何か議論し、愛想を尽かしたように警官がオレを無罪放免した（当たり前だ！）後、アブデラティフは「少し時間がありますか？」とオレに話しかけた。カタコトの英語。

「ああ、時間なら売るほどある」と、オレは返した。アブデラティフは近くにある事務所にオレを案内した。事務所は「開かれた手」という名前の団体が運営しているものだった。アブデラティフはなめらかとはとても言えない英語で、話を始める。「わたしたちは、少し前からあなたのことを待っていました。わたしたちが保護しているのは、フランス社会の権力に抗することができない人々です。言われれば従うしかない弱い立場の。移民だけではありません。難民としてフランスにやってきても人権侵害を受ける人々もいます。パリに自由に住むことさえできない場合も多い。あなたはこうして自分の意志でパリにいる。わたしたちはそれを支えたいと思います」。

オレには返す言葉がなかった。

「あなたの名前は？」

「ハヤマ・シュン」

さい」

「さしつかえなければ、あなたがどうして日本からパリにやってきたのか、教えてください」

「話したくない」

オレは即答した。難民やホームレスの支援団体に知り合いが一人もいなかったせいか、アブデラティフのことを信用する気持ちになれない。

「当然です。すぐに信用などしないほうがいい。わたしたちの団体を信用してみようか、という気持ちになったら、それからいろいろあなたのことを話してくれればいいのです」。明るい表情でそう語ると、アブデラティフは会釈《えしゃく》をして姿を消した。炊き出しの余り物のようなスープとバゲットを別の女性が運んできた。オレは何も言わず、運ばれてきたものを食べる。

少し離れた場所から、オレをジッと見ている女性がいた。射すくめるような目だった。黒く大きな瞳にオレは大きく映っていたに違いない。女は立ち上がると、挑むようにオレのところへやってきた。近くまで来ると、彼女の目にひときわ大きな驚きが広がるのがわかった。

「私はイヴァナといいます。さっき、アブデラティフと一緒にやってきたあなたを見て、とても驚いた。あなたは私の双子の弟のイヴァンにとてもよく似ているから……。少し話をしたいのですが、いいですか」。オレは頷いた。「私たちはカリブ海の島グアドループからやってきました。もう三年もパリで暮らしています。知り合いも増えたし、恋人もいます。グアドループは海外県。フランスの一部です。そのことが私には切実です。私たち姉弟はフランスの中を移動してきただけ。移民や難民と呼ばれる人々とは違います。ああ、少し混乱しています。あなたに、こんなことから話を始めるつもりはありませんでした……」。

イヴァナの話す英語がうまく彼女の意図を伝えることができないので、アブデラティフを呼んできた。イヴァナがアブデラティフにフランス語で話し、その後アブデラティフがオレにカタコトの英語で通訳した。

「あなたに私たち姉弟のことを知って欲しいのです。弟のイヴァンが心配なのです。あなたはイヴァンに似ています。同じ薄茶色の瞳をしています。最初、あなたがイヴァンに見えたくらい。でも、あなたがイヴァンだと言ったりすれば、私が正気を失っている証明にしかならないでしょう。むろん、あなたはイヴァンではない。イヴァンはもっと肌が浅黒いし、おそらくあなたより陰気で人見知りです。でもあなたにはイヴァンに通じる何かが流れています。それが何なのか、私にはわかりません。でもそれがそこに流れていることが私にはわかります。他の人にはわからないし説明もできないのですが」

イヴァナが一息入れる。彼女の言葉を受け取ってシンプルな英語で伝えているアブデラティフも一服する。

「私は恋人の勧めもあって、フランスの警官になるために学校に通っています。フランス――というより、パリに受け入れられるため、かな。グアドループ出身の知人や友人たちの中には、私のそうした『同化』志向を批判する人もいます。同化なんてコトバだけ、意味ない、と。そもそも『同化』って何？　最初から同じフランス人じゃないの？　そう言う人もいる。でも私はこの国の人間として警官になろうと思っています。イヴァンは私のそうした態度を最も強く批判しました。かつて私とイヴァンは十九区の狭いアパルトマンに二人で暮らしていました。イヴァンはそのうち、ごく世俗化した宗教団体に入って活動するようになりました。最初、その団体はみんなで集まってはルーツの国や地域の歌を歌ったりするような緩い活動しかやってなかった。ただ、イヴァン――というよりその団体そのものが徐々に急進化していったように思います。女性を排除し、戒律を厳格化していきました。髭をたくさんたくわえた『指導者』と称する人物が現われ——彼はもとからその団体にいた人ではありません——、イヴァンは彼に心酔《しんすい》しました。もう半年近く、イヴァンとは連絡が取れません。SNSも電話もダメ。弟の身に何かよくないことが起こっている気がして仕方がないのです。……初対面の人なのに、こんなことまで話すなんて、私、どうかしていると思います。でも話を聞いてくれてありがとう。あなたがあまりにイヴァンの面影を宿していたから、つい、厚意に甘えてしまいました。あなたがイヴァン本人でなくても、私の声が、あなたを介してイヴァンに届くような、奇妙な錯覚を覚えたのです」

イヴァナの黒い瞳は濡れたように光っていた。

＊

二〇〇八年の春、オレは上京した。グラフィック・デザインの専門学校に入るためだ。口実だった。ムツゴロウの死骸の埋まった土地を離れたい。その一心だった。アゲマキの断末魔の声が聞こえないところに身を置きたかった。阿佐ヶ谷にアパートを借りた。風呂ナシの狭い部屋は自由の空間でもあった。高校を出て、家で絵を描く以外何もしたことのない人生で、初めて自分だけの拡がりを手にした。ただデザインの学校にはまったく馴染めなかった。そもそもオレが描いていた絵はデザインとはほぼ無関係で、加えて他の学生たちとは年齢が違った。

オレは阿佐ヶ谷の部屋からほとんど出なくなった。たまに出かけても、商店街をブラブラするか、南口にある金魚の釣り堀に行く程度だった。商店街の中にある小さな釣り堀に引きつけられる自分が可笑《おか》しかった。こんなところにやってきても、魚や水と関係のある場所に魅入《みい》られたように通ってしまうなんて！

六月八日、日曜日。オレは昼下がり、近くの食堂で遅い昼食を済ませて、家に戻ってきたところだった。何気なく電源を入れた小さなテレビの画面は、東京の秋葉原で起きた事件で占拠されていた。加藤は、歩行者天国にトラックで突入し、数人を轢《ひ》いたところでトラックを降り、ダガーナイフを用いて、出会った人々を次々に刺した。情報は錯《さく》綜《そう》していた。その場にいた通行人が撮影した動画が次々にテレビに流れ、苦しむ人々の姿が遠くから映し出された。警察は加藤を取り押さえ、彼の顔を地面に押さえつけていた。何か、大きな声で加藤は叫んだ。顔が歪んでいた。その顔を見ているうちに、胸が潰れた。十七人の人間を殺傷したことを知ったのはその日の夜だ。

夜になって声がした。現場に行くよう唆《そそのか》す声。秋葉原までは電車で三十分、といったところだろう。オレは抵抗した。頭を抱え、テレビ画面から意識を遠ざけようとして、音声を消した。それでも、画面から目を離すことはできなかった。ネットには毀誉褒貶《きよほうへん》が溢れた。秋葉原に行かなければ、という気持ちと、秋葉原に行けば何かを越えてしまいそうな気がして怖気づく気持ちとが、せめぎ合っていた。そして、事件から二日経った火曜日、オレは秋葉原にいた。

事件があった中央通りと神田明神通りの交差点には、献花台《けんかだい》が設けられていた。少し遠巻きに献花台のあたりを眺めた。座り込んで手を合わせている人がたくさんいる。オレはその中に入ることはできない、と感じた。そっと人の環を離れた。近くにあったビルに入る。入口には警備員がいた。互いに距離を保ちながら六人。エレベーターの前にさらに二人。誰にも咎《とが》められずエレベーターに乗る。どの階でもよかったが、六階で降りる。両側に事務室のような部屋が並んでいた。廊下の突き当たりに窓が切ってある。そこまで行って、下を見渡した。秋葉原が広がっていた。犯行現場は真下だった。目貫《めぬ》き通りにはさすがに駐車できないのか、一本入った小さな通りに民放各局の中継車が並木に姿を隠すように駐まっていた。

加藤が越えていった線は見えなかった。陽光に照らされたような白々とした世界が、眼下にあった。オレは安堵すると同時に、加藤が実現した世界に失望した。腐った臭いはしなかった。

黄色い総武線に乗って阿佐ヶ谷に戻ってきた。すぐにアパートに戻る気になれず、普段は歩かない道を歩いてみようと思った。阿佐ケ谷駅北口の短いアーケードを抜けたところで左折する。大きな通りがない。古本屋、名曲喫茶、貸本屋。民家が続く。左手には居酒屋が犇《ひし》めくが、どの店にも一人で入ったことはない。高い建物がないのがいい。そのぶん空が占める面積が広い。小さなアパートと一軒家ばかりの家々を縫う、幅の狭い道をぐるぐると当てもなく歩く。直進して行きどまると、戻って別の道を選ぶ。右折と左折をでたらめに繰り返す。びっしりと建てこんだ家々の軒先を掠めるようにして、少し速足で歩いた。不意に墓地に出る。知らない人の墓石と卒塔婆《そとば》を眺めながら、歩調を緩める。大きな通りに出る。自分のアパートの位置が了解された。だがまだ部屋に戻る気がしない。通りを渡り、大きな屋敷の塀に沿って、駅のほうへ戻る。下を向いて、もう一度歩く速度をあげた。ＪＲの高架をくぐる。南阿佐ヶ谷のほうへ。欅《けやき》の並木が続く。最初の信号で大通りを横断する。また見知らぬ細い道へ入り込んだ。

風の音がした。

突然、暗くなった。陽が落ちるまでにはまだ間があるはずなのに、あたりはくすんだように色を失い、モノトーンに塗りこめられた。目の前に釣り堀があった。店主に違いない年輩の男が、必死で大きな網をふるう姿が見える。池の水はポンプで吸い上げられ、沼の底のような泥が露出していた。金魚たちはひたひたという小さな音をたてて、干上がった池の底の到るところで苦しがっていた。百匹の金魚の百個の小さな口から、細い啼《な》き声《ごえ》が幽《かす》かなざわめきとなって聞こえた……。

オレにはどうしようもなかった。どんな理由で男が釣り堀を干しているのか、皆目わからなかったし、どうやら金魚を掬《すく》って命を助けようとしているに違いない姿が、どう見ても喜劇にしか思えない。男は金魚を近くに住む小学生たちに配っていた。子どもたちが列を作っている。オレは金魚が無駄に死ぬわけではないことを確かめると、安堵した。大量の泥が撥《は》ねて男のブルーの作業着を盛大に汚すのをしばらく眺めてから、自分のアパートへ戻った。

次の日、目を覚ますとすでに昼近かった。オレはまっすぐに釣り堀へ向かう。初夏を感じさせる気温。いまにも一雨来そうな天候だったが、釣り堀はいつもと変わらなかった。ほぼ正方形に切りとられた空間に、大人が数人、座っている。みな一様に動かない。平和な日常が続いていた。オレは入場料を払い、水の近くまで近寄って腰掛ける。池の端にある平らな石の上に置かれた藤の盆栽は、花の季節を過ぎていた。雨が降り出した。雨粒が次から次へと薄緑色の池の面に円《まる》い輪を描いてゆくさまを眺めて、時間を過ごす。金魚の姿は見つからなかった。不安に襲われる。左手を手首まで水の中に突っ込む。緑の水を手のひらが虚しく掻《か》くだけだった。肘《ひじ》までぐっと入れる。水の感触しかない。釣り堀の主人が不審そうにオレを眺める。金魚はどこへ行った？　オレは昨日と同じブルーの作業着を着た老人を睨《にら》みかえすと、左手を水から抜く。立ち上がり、釣り堀を出る。振り返らず速足で歩く。頭上を中央線の快速電車が走った。

アパートに帰ると、荷物をまとめた。早めに翌々月までの家賃を払い、母親に電話した。学校には退学届を郵送した。東京に引っ越して三カ月でオレは故郷に戻った。

＊

伊佐早に戻ったからといって、とくに何かをするわけでもなかった。

もう一度、元の暮らしに自分を押し込んだだけだ。絵を描いて、ネットの世界に住む。自宅からはほとんど出ない。ときどき思い出したように釣りに出かけ、運がよければ晩飯の食卓に魚が姿を見せる。野菜は家の玄関先にある菜園で十分だった。ジャガイモ、大根、キャベツ、人参、オクラ、トマト、サツマイモ、玉ねぎ、大蒜《にんにく》。春と秋の二毛作で、新しい野菜を植える。手間を惜しまなければ、野菜は途切れることなく収穫できた。経済を小さく回せば小さく生活することは可能だった。ただ必要がなければ、伊佐早湾干拓道路には行きたくなかった。オレの意志とは無関係に、道路はまっすぐに海と陸を横断しているはずだった。

小さな波のような事件ならあった。民主党が政権を担っていた二〇一〇年のことだ。カン・ナオトという首相はもともと伊佐早湾の干拓事業に特別な関心を抱いていたらしく、それを無駄な国営の公共事業と決めつけた挙句、堤防の水門を開門する意見表明を行った。オレの周囲の農民はみな怒り心頭に発していた。カンはおそらく盛町の土地を踏むことさえできないだろう。だが全体として見れば総理大臣の個人的意見などは小さなつむじ風程度に過ぎず、オレの日常に変化はなかった。

日常がぐにゃりと大きく歪んだのは、二〇一五年一月七日のことだった。夜、オレはいつも通り、コンピュータの画面を覗きこんでいた。ニュースサイトに突然、「フランスでテロ　諷刺画の週刊紙が襲撃される」の見出しが流れた。文字だけではなかった。頭の中で、文字の残像が消えることなく流れ続けた。頭の中であの声が響いた。犯人たちは逃げていた。十二人を殺害して逃走した。現地では夜遅く、犯人たちの名前が公開された。サイードとシェリフ。アルジェリア系の兄弟だった。翌八日、パリの南西部モンルージュで女性警察官を射殺する事件が起きた。七日の事件との関連はわからない。オレはまったくフランス語が解らなかったが、フランスのＴＶサイトを見続けた。翌日の九日、夕方から、フランス系のニュースサイトは実況中継ばかりになった。二人の兄弟が立て籠もっている印刷工場を外から撮影したライヴ映像が、世界中に配信された。畑と森に囲まれた、見るからに閑静な場所のようだった。オレは自宅の外を見た。田園が広がっていた。遠くに佐賀県との県境に位置する多良岳《たらだけ》があった。山の稜線《りょうせん》がくっきりと見えた。

あの事件の被害者となった諷刺画家が何を描いてきたのか……言論の自由は保障されるべきなのか……テロリストを養成し続けている過激な思想はどう取り締まるべきか

……無数の問いが画面の中だけではなく、世界中で渦を巻いていた。そう見えた。だが、本当にそうだったのか。オレが暮らしている場所からはあまりに遠かった。そんな議論は誰もやっていなかった。眩暈《めまい》がするくらい。信教の自由？　生まれたときから、どの寺の檀家なのか、決まっていた。言論の自由？　オレが何を描こうが、誰が見咎めるだろうか。思想や信条を反映した諷刺は、オレのもっとも苦手とするところだった。すべてが画面の中にしかなかった。

この頃から、ある夢を繰り返しみるようになった。水底に近いあたりで、赤い大きな金魚が、どんどんオレに近づいてきて、媚《こび》を売るごとく身体をくねらせ、シナを作ってくるりと身体を反転させたかと思うと、背びれを震わせて、水の奥に消えていった。オレは息が苦しくなって水を蹴り、水面から顔を覗かせると、突然、黒い影がオレの額に跳んでくる。ムツゴロウだった。ムツゴロウはオレの顔に胸ビレを置いてジッと身構える。来るべき敵に備えて、力を溜め、ジャンプする。残されたオレは金魚とムツゴロウの残影を追いかけ、焦燥感にかられる。起きてからもその感覚に貫かれた。

オレはパリへ向かうことにした。パスポートを申請し、新宿の専門学校時代の数少ない知り合いの一人がいまパリで生活していることを思い出し、しばらくアパルトマンに泊めてくれるようメールを書いた。相手は嫌がったが、ゴリ押しした。数十万円しかない貯金を全部引き出した。もう後戻りはできないと、繰り返し、自分の内側を覗きこんだ。

*

イヴァンは揺れていた。「行動すること、君に必要なのはそれだ。行動に移すこと。私は君をある若者たちのグループに入れようと思っている。そのグループに入ればきっと一人前の男になれるはずだ。本当だ。私は君のことならわかっている。私たちが深く沈んでいるこの西洋社会は、失敗につぐ失敗で、いま、瀕死《ひんし》の状態だ。重要なのは、西洋社会がもう私たちを救ってくれることはない、という事実を知ることだ」。師と仰ぐアブデル・アジズの言葉を反芻《はんすう》した。世界を作り変えよ、とアブデル・アジズは執拗に言った。イヴァンはその言葉をまるごと呑み込もうとしていた。だが、シンプルな言葉を幾度繰り返しても、行動に移すことがすなわち世界を作り変えることだとは信じられないでいた。そうできない自分が少しだけいつも残っていた。双子の姉のイヴァナはもう遠く隔《へだ》たった地点まで行ってしまった。行動を起こす日は目前に迫った。声がした。お前はその線を本当に越えるのか、と。ああ、越えてみせる、とイヴァンは答えた。できるさ、シンプルなことだから。

計画はこうだ。イヴァンと彼のサポートメンバーの三人は、シャスループ・ルーバ通りで車を降りる。早朝。街はまだ眠りから覚めていない。ほとんど人通りもないはずだ。主人のいない犬だけが通りを闊歩《かっぽ》しているだろう。七時ちょうどに、警察退職者のための住宅に侵入する。警報器が一時間前に不愉快な音で住人たちを起こし、眠りの時間が終わり、そろそろ一日が始まることを知らせているはずだ。サポートメンバーの三人はすぐさま階段を駆け上がり、各階を調べて、コントロールが利かない老人たちをトイレに押し込む。おとなしくしていたほうが身のためだ、と教え諭す。暗がりが彼らに恐怖を植えつける。ミッションはシンプルなもの。警察を退職した人間たちの部屋に入っていき、動くものすべてに銃弾を浴びせること。イヴァンは冷静かつ決然と行動するはずだ。何よりも世界を作り変えるのだと信じ、あとは自分の仕事をやり遂げるだけだ。

だが、現役の警察官ならまだしも、警察を退職した人間たちを銃撃することが、どうして「世界を作り変える」ことなのか、イヴァンにはわからなかった。老人たちは反撃してこないだろう、とアブデル・アジズは言う。イヴァンは半信半疑だった。準備なら周到にやってきた。チェロやヴァイオリン、ギターのケースを大量にベルギーに運び、そこで武器を調達した。弦楽器のケースは二重底になっていて、武器を密輸した。アブデルは底に武器のつまった楽器ケースを開けては、「夜の音楽が聴けそうだ」と笑った。イヴァンにはつまらない冗談としか思えなかった。

もう一つ、イヴァンには気がかりなことがあった。イヴァナだ。美しく強くなった双子の姉イヴァナはこのパリで警察官になろうとしている。襲撃する場所は、彼女の住む寮のすぐ隣だ。イヴァナを撃つことになるのではないか。イヴァンは厭な予感に胸を灼かれた。

決断は遅れ、決行は昼近くにずれ込んだ。

イヴァナは「開かれた手」の事務所を出ると、警察の寮に向かった。エッフェル塔からほど近い閑静な場所。雨が降りだしていた。遠くで雷が鳴った。

休日の大通りを歩く。どの知り合いともすれ違うことなく、黙ったままイヴァナが寮までやってきたときだった。黒のワンボックスカーが猛スピードで近づいてきて急停車した。ドアがスライドし、中から武装した四人が飛び出してきた。全身、黒ずくめ、機関銃を肩から吊るしていた。イヴァナは大きく叫んだ。

男たちの一人が、驚いた様子で振り返った。目出し帽の、刳りぬかれた目の穴から、イヴァナをジッと見た。その眼は薄い茶色の瞳だった。

日曜日だった。奇妙な静けさが、何か特別な恩寵《おんちょう》のようにあたりに満ちていた。車は時おり舗石《ほせき》の上を走ったが、静寂が破られることはなかった。よどんだ平穏という泥濘に足を取られていた。住人たちは皆、侵入者に備えて、家のなかで息を殺しているのかもしれなかった。押し黙ったまま、歩いた。赤い煉瓦《れんが》でできた櫓《やぐら》を横目にしながら、雨に濡れ始めた広場に出る。ほとんどの店が閉まっていた。一軒だけ、食料品店が開いていて、ドアが半開きになっていた。どこからか鼠がやってきて、するするとドアの隙間に入り込んだ。オレはそのドアに手をかけ、意を決して開く。

奇妙な空白のような平穏のなかにいて、オレたちは泥海に浸りながら、日曜日にほうり出されていた。

［註釈］

1　Matthieu Suc, *Femmes de djihadistes*, fayard, 2016, p. 220

2　同前。

3　ここに訳出した『光の兵士たち』という文章は、Malika El Aroud, *Les soldats de lumière*, La Lanterne Editions, 2004の第四章と第五章から抜粋し物語として統合した。原書は一五四頁にわたる長さであること、二〇〇四年当時、ブリュッセルの出版社から上梓され一五ユーロで販売されていたが紙媒体での流通は現在中止されていること、なお全文はジハーディストのＨＰに掲出されていることを記しておく。訳出した文章は原書全体の約一〇パーセントに相当する。

4　註１書 p.222

5　このあたりの「菓子」の具体名は、註１書に拠る。

［参考文献］

・桐山襲『聖なる夜　聖なる穴』（河出書房新社、一九八七年）、「十四階の孤独」（『神殿レプリカ』所収、河出書房新社、一九九一年）

・野呂邦暢「鳥たちの河口」（『野呂邦暢小説集成２』所収、文遊社、二〇一三年）

・Maryse Condé, *Le fabuleux et triste destin d, Ivan et d, Ivana*, Éditions Jean-Claude Lattès, 2017

＊なおマリーズ・コンデの小説から二人のキャラクターを借用しているが、物語の結末は全く異なることを付言しておく。

［初出］「文藝」二〇一八年夏季号

装幀＝川名潤
写真＝陣野俊昭

陣野俊史（じんの・としふみ）

一九六一年生まれ。文芸評論家、フランス文学者。長崎生まれ。早稲田大学第一文学部日本文学科卒業、明治大学大学院フランス文学専攻博士課程満期退学。立教大学大学院特任教授。著書に『じゃがたら』（河出書房新社）、『戦争へ、文学へ 「その後」の戦争小説論』（集英社）、『サッカーと人種差別』（文春新書）、『テロルの伝説　桐山襲烈伝』（河出書房新社）、訳書に『ダフト・パンク　テクノ・ファンクのプリンスたち』（ヴィオレーヌ・シュッツ／河出書房新社）などがある。

泥海《どろうみ》

二〇一八年一二月二〇日　初版印刷
二〇一八年一二月三〇日　初版発行

著　者　陣野俊史
発行者　小野寺優
発行所　株式会社河出書房新社
〒一五一－〇〇五一
東京都渋谷区千駄ヶ谷二－三二－二
電話　〇三－三四〇四－一二〇一（営業）
〇三－三四〇四－八六一一（編集）
http://www.kawade.co.jp/

組　版　KAWADE DTP WORKS
印　刷　株式会社亨有堂印刷所
製　本　大口製本印刷株式会社

Printed in Japan
ISBN978-4-309-02764-7

テロルの伝説　桐山襲烈伝
陣野俊史
孤独な闘いをせおった幻の作家・桐山襲が現代に甦る！
時代と闘争を問い返す渾身の書き下ろし評伝。
ISBN 978-4-309-02469-1

じゃがたら

陣野俊史

八十年代を全速で駆け抜け、突然の幕を閉じた伝説のバンド・じゃがたら。その全軌跡を描いた感動の評伝。

ISBN 978-4-309-01918-5

不意撃ち

辻原登

不意撃ち。それは、運命の悪意か……人生の〝予測不可能〟な罠——あたなの存在を揺さぶる至極の作品集。

ISBN 978-4-309-02756-2